사랑 헤어지고 싶지만
만난 적도 없는 너에게

시랑 헤어지고 싶지만
만난 적도 없는 너에게

김경민 지음

우리학교

시는 왜 이런 식으로 말하는 걸까?

　이 책은 이 질문에서 시작합니다. 제가 시를 읽고 공부하면서 품었던 질문이기도 하고, 시를 가르치면서 학생들에게서 여러 번 받은 질문이기도 합니다.

　시는 문학의 한 장르이자 완결된 예술작품이지만, 그 전에 시인이 독자에게 건네는 말입니다. 그런데 이 말을 하는 방식이, 뭐랄까, 좀 독특할 때가 있어요. 심지어 이상하게 느껴질 때도 있고요. 시가 날 싫어하나, (시는 내가 누구인지도 모르는걸요.) 나한테 왜 이러나, (꼭 나한테만 이러는 건 아닐 겁니다.) 하는 생각이 들 정도죠. 그런 의문이 쌓이고 쌓이면 시에 대한 오해가 생기기도 합니다. 대표적인 오해 두 가지만 짚어 볼까요?

하나는 시를 풀어내야 할 난해한 수수께끼로 보는 겁니다. 한마디로 '도대체 무슨 말인지 모르겠다!'라는 것이지요. 문제는 이런 시를 학교에서 배우는 것도 모자라 시험까지 봐야 한다는 거예요. (그것도 주로 오지선다형이라는 끔찍한 형태로 말이죠.) 무슨 말인지도 모르는 상태에서 시험을 치른다면 당연히 시가 싫어질 수밖에요.

또 하나. 감정이 잔뜩 실려 있고 필요 이상으로 낭만적으로 느껴지는, 한마디로 '오글거리는' 글을 시 혹은 시적인 글이라고 보는 겁니다. 만일 누군가 갑자기 시를 낭송하면 어떤 분위기가 될지 생각해 보세요. 썰렁하고, 뜬금없고, 우스꽝스럽고, 잘난 척하는 건가 싶고, 그야말로 '쟤 왜 저래.'의 상황일 겁니다.

물론 시가 난해한 면이 있는 것도 맞고, 다른 글에 비해 감성적인 면이 있는 것도 맞습니다. 하지만 시가 꼭 감성적이기만 한 건 아니에요. 앞으로 보겠지만 때로 시는 세상 곳곳에 존재하는 고통을 말하는 것이기도, 사회적 부조리를 고발하는 것이기도 합니다. 때로는 깊은 철학적 깨달음을 안겨 주는 것이기도 하죠. 마찬가지로 너무 난해해서 머리를 쥐어뜯게 만드는 시가 있는 것도 사실이지만, 대부분의 시는 여러분도 충분히 읽을 수 있는 글이에요. 천천히, 집중해서 읽는다면 말이죠. 난해하다, 감성적이다, 이런 건 어디까지나 시의 부분적인 특징이지 시 전체를 일반화할 수 있는 본질적인 특성이 아닙니다. 더욱이 여러분은 시를 전문적으로 연구하는 사람이 아니기에 '너무 어려운' 시는 교과서에 실리지도, 시험에 나오지도 않으니 읽기 전부터 거부감을 갖거나 걱정하지 않았으면 해요. (네? 모든 시가 너무 어렵다고요?)

조금 거창하게 들릴 수 있지만 좋은 시는 삶의 진실, 세상의 진실을 드러내 보여 줍니다. 도무지 재미있지도, 실용적이지도 않아 보이는 시가 지금까지 살아남아 많은 사람들에게 읽히는 이유가 여기에 있습니다. 우리가 여전히 시를 읽고, 쓰고, 배우는 이유이기도 하죠. 시가 너무 멀고 어렵게만 느껴진다면 그건 아마 시를 제대로 만난 적이 없기 때문일지도 모릅니다.

1장에서는 시가 왜 어렵게 느껴지는지, 2장에서는 (그럼에도) 우리가 왜 시를 배워야 하는지에 대해서 썼습니다. 마지막으로 3장에서는 시를 (부디 포기하지 않고) 좀 더 쉽고 재밌게 읽기 위한 방법을 소개했고요. 사실, 시가 어렵게 느껴지는 건 여러분만이 아니에요. 저도 '하얀 것은 종이요, 까만 것은 글자로다……' 같은 마음이 될 때가 있거든요. 시가 어려운 건 어쩌면 당연한 일입니다. 언어를 우리가 일상에서 쓰는 것과는 다른 방식으로 사용하고, 당연한 것을 당연하지 않게 받아들이고, 읽는 사람을 멈춰 세워 곰곰이 생각에 잠기게 만들죠. 요컨대 시를 제대로 만나기 위해서는(네? 대체 언제 만날 수 있냐고요?) 감수성만이 아니라 적극적인 추론 및 해석 능력이 필요합니다. 바로 이런 맥락에서 시가 다른 어떤 텍스트보다도 높은 문해력을 요구하는 장르인 것이고요. 지금은 제 말을 못 믿겠지만, 여러분이 시와 마침내 헤어질 결심을 할 때쯤이면(그러려면 우선 만나야겠지만요……) 시뿐만 아니라 다른 글도 잘 읽을 수 있게 될 거예요. 물론, 헤어질 결심을 한다는 건 먼저 사랑에 빠진다는 말이기도 하죠.

얼마 전 서점에서 우연히 『시, 그게 뭐야?』라는 그림책을 보고 마음에 들어 샀습니다. 이 책에는 작가가 생각하는 시의 정의가 나열되어 있는데요, 그중에서 저는 이 비유가 가장 좋았습니다.
"시는 언제 보내도 결코 늦지 않은 편지."
여러분에게 시가, 더불어 이 책이 그런 편지이기를 바랍니다.

차례

3장 　어떻게 하면 시를 잘 읽을까

일러두기
• 작품 속 표기는 가급적 현행 맞춤법 규정에 따랐습니다. 띄어쓰기 등
  은 제가 살펴본 책을 따랐습니다. 원문이 한자이거나 한자를 섞어 표
  기한 경우에는, 꼭 필요한 것만 병기하고 전부 한글로 표기했습니다.

1

시,
해
이렇게
어려운 걸까

공감이 안 돼요
감성이 안 맞을 때

고등학교 2학년인 큰아이가 몇 달 전에 이런 말을 했습니다. "오늘 문학 시간에 시를 한 편 배웠어. 근데 정말 공감이 1도 안 되더라고!" 무슨 시냐고요? 바로 아래 시입니다.

산유화

김소월

산에는 꽃 피네
꽃이 피네
갈 봄 여름 없이
꽃이 피네.

산에

산에

피는 꽃은

저만치 혼자서 피어 있네.

산에서 우는 작은 새여

꽃이 좋아

산에서

사노라네.

산에는 꽃 지네

꽃이 지네

갈 봄 여름 없이

꽃이 지네.

　김소월 시인이 1924년에 발표한 시입니다. 꽤 오래전부터 지금까지 중고등 국어, 문학 교과서에 수록되어 온 작품이에요. 그만큼 이 작품이 문학사적으로 중요하게 다뤄진다는 뜻이지요. 1연 2행 "갈 봄 여름 없이"의 '갈'이 가을을 의미한다는 것 정도만 알면 특별히 어려운 단어는 없는, 언뜻 썰렁할 정도로 간결하고 평범해 보이는 시입니다.

　꽃이 피고(1연) 지는(4연) 것은 생명이 탄생하고 소멸하는 자연의 순환을 의미합니다. 영원히 죽지 않는 약이라도 개발

된다면 모를까, 아직까지 이 세상 모든 생명은 이 질서를 벗어날 수 없습니다.

그런데 2연에서 이 꽃은 "저만치 혼자서" 피어 있네요. '저만치'는 시에서 말하는 화자인 '나'와 꽃 사이의 거리, 즉 인간과 자연의 거리로도 볼 수 있고, 꽃과 다른 꽃 사이의 거리로도 볼 수 있습니다. 한마디로 꽃은 외로운 존재라는 것이겠지요.

3연에 등장하는 "산에서 우는 작은 새"도 마찬가지입니다. 꽃이 좋아 산에 산다고 하지만 꽃은 "저만치 혼자서" 피어 있는 외로운 존재, 그러니 새도 외로울 수밖에요. 꽃이든 새든 그걸 바라보는 '나'든, "저만치 혼자서" 살아가다가 죽는 외로운 존재일 뿐입니다. 그렇다면 이 시의 주제는 '탄생에서 소멸로 이어지는 삶 속에서 모든 존재가 운명처럼 지닌 외로움'이라고 요약할 수 있겠지요.

문제는 이러한 주제와 작품 전반에 흐르는 담담하고 관조적인 정서를 요즘 청소년들이 (아주 조숙한 감성의 소유자가 아니고서야) 충분히 이해하고 공감하기가 어렵다는 것입니다.

이제 제 이야기를 해 볼게요. 제가 중학생 때 배운 시 한 편을 소개합니다.

남으로 창을 내겠소

김상용

남으로 창을 내겠소.
밭이 한참갈이
괭이로 파고
호미론 김을 매지요.

구름이 꼬인다 갈 리 있소.
새 노래는 공으로 들으랴오.
강냉이가 익걸랑
함께 와 자셔도 좋소.

왜 사냐건
웃지요.

　　김상용 시인이 1934년에 발표한 시입니다. 이 시의 화자가 지닌 소망은 해가 잘 드는 남쪽으로 창문을 낸 집에서 농사를 지으며 사는 것입니다. '구름'으로 표현되는 세속적 성공이 유혹한다("꼬인다") 해도 가지 않을 것이며, 새 노랫소리를 공짜로("공으로") 들으며, 이웃들과 강냉이를 나눠 먹으며 사이좋게 살고 싶다고 합니다. 누군가 자신에게 왜 사냐고 물으면 그저 웃을 뿐이라는 매우 평화롭고 여유로운 마음 상태가 잘 드러나 있습니다.

비교적 쉽게 읽히는 시입니다만, 저는 중학생 때나 40대 후반이 된 지금이나 이 시에 공감이 되지 않아요. 저랑 정서가 맞지 않거든요. 중학생 때 이 시를 처음 읽고는 "시인이 농사를 안 지어 본 양반인가 보네."라고 중얼거렸던 기억이 나요. 농촌 시골 마을에 살았던지라 시인이 꿈꾸는 세계에 대한 로망이 제게는 손톱만큼도 없었거든요. 하하. 물론 이 시에 공감하는 사람도 많겠지만, 벌레를 싫어하고 뱀을 극도로 무서워하는 저는 예나 지금이나 시골에서는 살고 싶지 않습니다. 도보로 갈 수 있는 거리에 서점과 도서관과 병원이 있고, 어느 정도 규모 있는 마트와 마음에 드는 카페가 있는 곳에서 살고 싶어요. 그러니까 제가 하고 싶은 말은, 좋은 시라고 해서 반드시 모든 사람에게 공감을 얻는다는 보장은 없다는 것입니다.

반면에 몇 년 전 고등학생 다섯 명과 함께 읽은 다음 시는, 읽자마자 저와 학생들 모두 '폭풍 공감'했던 작품이에요.

몸부림

박성우

나의 지독한 몸부림이 누군가의 눈에는 그저 아름다운 풍경으로

비춰질 때가 있다 가령

　물고기가 뛸 때다, 해 질 무렵 물고기가 튀어 오르는 것은 붉고 고요한 풍경에 격정적인 아름다움을 더하기 위해서가 아니다 그것은 비늘 안쪽으로 파고드는 기생충을 털어내기 위한 물고기의 필사적인 몸부림이다 농부가 해 지는 들판에서 땅에게 허리를 깊게 숙이는 것 또한 마찬가지, 농부는 엄숙하고도 가장 서정적인 아름다움을 더하기 위해 풍경으로 남아 있는 것이 아니다

　깜깜한 어둠 속에서도 앞다투어 빛나는 학교와 도서관과 공부방 또한 마찬가지

"물고기가 튀어 오르는 것"은 "고요한 풍경에 격정적인 아름다움을 더하기 위해"서가 아니라 "비늘 안쪽으로 파고드는 기생충을 털어내기" 위해서라고 이 시는 말합니다. 농부가 허리를 숙이는 것 역시 마찬가지입니다. 우리는 그런 모습을 보고 멋대로 아름다운 풍경이라고 생각하지만, 실상은 다른 것이죠.
　사람은 누구나 어느 정도는 자기중심적인 시선으로, 그러니까 자기 좋을 대로 타인이나 풍경을 바라봅니다. 밤늦게까지 불을 밝힌 학교와 도서관과 공부방을 흐뭇하게 바라보며 그래도 저 때가 좋을 때지, 라고 쉽게 말하는 어른들을 생각

해 보세요. 너무나도 자기중심적이지 않나요?

저는 고등학생 시절 제게 "한창 좋을 때다."라고 말하는 어른들을 보면 짜증이 솟구쳤어요. 속으로 이렇게 반문하곤 했죠. '그럼 딱 한 달만 저처럼 살아 보실래요? 아침 7시 30분에 등교해서 밤 10시 30분에야 집에 가는 생활, 대체 왜 배우는지도 알 수 없지만 시험을 치르기 위해 외워야 하는 어마어마한 양의 개념, 시시때때로 들이닥치는 시험, 그때마다 받는 성적표, 거기에 딸려 오는 스트레스, 이 모든 것을 즐거운 마음으로 받아들일 자신 있으세요?'라고 말이지요. 이 시는 이런 속마음을 정확하게 표현해 주었기에 청소년들에게 공감을 얻었을 거예요.

물론 「산유화」나 「남으로 창을 내겠소」도 좋은 작품입니다. 문학사적으로 중요하고 배울 가치가 있는 작품이니 교과서에 실렸겠지요. 공감하기 어렵다고 해서 완성도가 떨어지는 작품이라고 볼 수는 없으니까요. 다만 시대 정서나 세대 감수성이 달라서, 혹은 각자의 취향이나 가치관 등이 맞지 않아서 공감하기 어려운 작품이 있는 건 사실입니다. 학생 때 시를 배우고 또 교사로서 시를 가르쳐 보기도 한 제 경험을 돌이켜 보건대, 교과서에 실린 여러 시에는 분명 청소년이 온전히 이해하고 공감하기 힘든 부분이 있습니다. 이건 가르치는 입장에서도 배우는 입장에서도 어쩔 수 없는 현실이에요.

그렇다고 해서 「몸부림」 같은 시만 배워야 한다고 말하려

는 건 아닙니다. 꼭 배울 필요가 있는 작품을 엄정하게 선정
하는 동시에 청소년기에 공감하기 쉬운 작품을 많이 접할 수
있도록 해 주면 어떨까, 조심스럽게 바라고 있어요. 시라는
것이 억지로 이해하고 공감해야 하는 것이 아니라 내 마음을
표현하는 것, 내 삶과 밀착된 것이라는 걸 알아야 나중에 어
른이 되어서도 시를 즐겨 읽지 않을까 싶거든요.

이해하기 힘들어요
배경지식이 필요할 때

온전히 이해하기 위해서는 배경지식이라는 게 필요한 글이 있습니다. 글이 쓰인 시대라든지, 글을 쓴 사람의 생애라든지, 글이 탄생하게 된 맥락이라든지, 뭐 그런 것들이요. 특히나 시는 장르적 특성상 구구절절 설명하지 않다 보니 대체 무슨 말을 하는 건지 이해하기 어려울 때가 종종 있어요.

간

윤동주

바닷가 햇빛 바른 바위 위에
습한 간(肝)을 펴서 말리우자.

코카서스 산중에서 도망해 온 토끼처럼

둘러리를 빙빙 돌며 간을 지키자.

내가 오래 기르든 여윈 독수리야!
와서 뜯어 먹어라, 시름없이

너는 살찌고
나는 여위어야지, 그러나

거북이야!
다시는 용궁의 유혹에 안 떨어진다.

프로메테우스 불쌍한 프로메테우스
불 도적한 죄로 목에 맷돌을 달고
끝없이 침전하는 프로메테우스

　　이 시에는 두 가지 유명한 이야기가 배경으로 깔려 있습니다. 둘 다 '간'이 중요한 소재로 등장하죠.

　　하나는 『토끼전』 혹은 『별주부전』이라고 알려진 옛이야기입니다. 여러분도 잘 아는 이야기겠지만 내용은 이렇습니다. 병에 걸려 임종을 앞둔 용왕이 어느 날 토끼의 간을 먹으면 낫는다는 말을 듣습니다. 이에 육지를 오갈 수 있는 자라가 나섭니다. 자라는 토끼를 온갖 감언이설로 꾀어 오죠. 자라에게 속아 용궁에 이른 토끼는 집에 간을 두고 왔다는 거짓말로 목숨을 잃을 위기를 모면합니다.

다른 하나는 그리스 신화에 등장하는 프로메테우스 이야기입니다. 프로메테우스는 천상의 불을 훔쳐 인간에게 전해 주는데, 이로 인해 제우스 신의 노여움을 사 평생 독수리에게 간을 쪼아 먹히는 끔찍한 형벌을 받습니다.

이 시는 전혀 다른 두 이야기를 하나로 합쳐 새로운 이야기를 하고 있어요. 코카서스 산은 프로메테우스가 형벌을 받는 장소인데 뜬금없이 토끼가 거기서 도망 왔다는 식으로요. 대체 무슨 이야기인 걸까요? 이 시를 이해하기 위해서는 두 가지 중요한 배경지식이 필요합니다. 이 시가 일제 강점기에 쓰였다는 것, 이 시를 쓴 사람이 다름 아닌 윤동주 시인이라는 것이지요.

이러한 배경지식을 깔고 이 작품을 한번 해석해 볼까요? 도대체 토끼는 왜 용궁에 갔을까요? 자라의 감언이설 때문이라는 설명은 과연 정확한 대답일까요? 앞서 읽은 「남으로 창을 내겠소」를 생각해 보세요. 만약 토끼가 '구름이 꼬인다 갈 리 있소.' 같은 태도를 지닌 존재였다면 자라를 따라갔을까요? 토끼를 용궁으로 이끈 것은 외부의 유혹이 아닌 토끼 자신의 욕망입니다. 물질적 풍요와 일신의 편안함에 대한 지극히 세속적인 욕망, 구질구질한 현실로부터 도피하고 싶다는 욕망이 토끼의 그렇지 않아도 커다란 팔랑 귀를 펄럭이게 한 것이죠. 그러나 진정한 천국일 거라 믿었던 용궁은 알고 보니 무능하고 탐욕스러운 용왕과 온갖 술수를 부리는 대신들로 이루어진 비정한 세계였고, 그곳에서 토끼는 죽음을 강요받습니다.

다행히 기지를 발휘해 목숨을 건집니다만, 토끼는 용왕에 의해 자신의 존재를 부정당했습니다. 강자의 탐욕을 위해서라면 목숨까지 바쳐야 하는 도구가 되어 버린 거죠. 크게 훼손된 토끼의 자존심(간)은 반드시 회복되어야 합니다. 바로 이것이 토끼가 "습한 간"을 "햇빛 바른 바위 위에" 말려야 하는 이유, "둘러리(둘레)를 빙빙 돌며 간을" 지켜야 하는 이유입니다. 무엇보다도 이제 토끼는 정신을 차려야 합니다! "다시는 용궁의 유혹에 안 떨어진다."라고 다짐해야 하죠.

한편 프로메테우스, 그는 왜 천상의 불을 훔쳐 인간에게 전해 주었을까요. 덕분에 인간은 추위에서 해방되고 다른 동물보다 우위에 설 수 있었지만, 정작 프로메테우스는 "불 도적한 죄로" 코카서스 산에 있는 바위에 묶여 독수리에게 간을 쪼아 먹히는 형벌을 받게 됩니다. 게다가 간을 쪼아 먹혀도 다음 날이면 새 간이 생겨나 고통은 끝없이 이어지지요. 그는 자신이 이렇게 될 줄 알았을까요, 몰랐을까요.

그런데 말이지요, 알았든 몰랐든 간에 간혹 이런 사람이 있습니다. 많은 이들에게 행복을 가져다주는 일을 하지만 정작 자신은 끝없는 고통 속에 빠지는 고귀한 영혼을 지닌 사람 말입니다. 게다가 이 시의 프로메테우스는 그리스 신화의 프로메테우스보다 더 지독합니다. 그리스 신화에서 독수리는 그에게 고통만을 주는 존재인데, 이 시에서 독수리는 "내가 오래 기르든 여윈" 존재입니다. 즉 독수리는 내 안의 정신적 자아로서 육체적 자아인 나를 끊임없이 각성시키며 성찰하게 만드는 존재인 것이지요. 이 시의 프로메테우스는 독수리에게 자신의 간을 스스로 내 줌으로써 고통을 '당한다'기보다는 고통을 '선택'합니다.

요약하자면 이 시는 식민지 시대를 부끄러워하며 살았던 젊은 지식인 윤동주가 토끼의 간을 통해서는 '빼앗겼으나 회복하고 싶은 자존심'을, 프로메테우스의 간을 통해서는 '자발적인 희생정신과 극기에 대한 열망'을 표현한 작품으로 해석할 수 있습니다.

다른 시를 한 편 더 볼까요?

새들도 세상을 뜨는구나

황지우

영화가 시작되기 전에 우리는
일제히 일어나 애국가를 경청한다.
삼천리 화려 강산의
을숙도에서 일정한 군(群)을 이루며

갈대 숲을 이륙하는 흰 새떼들이

자기들끼리 끼룩거리면서

자기들끼리 낄낄대면서

일렬 이열 삼렬 횡대로 자기들의 세상을

이 세상에서 떼어 메고

이 세상 밖 어디론가 날아간다.

우리도 우리들끼리

낄낄대면서

깔쭉대면서

우리의 대열을 이루며

한 세상 떼어 메고

이 세상 밖 어디론가 날아갔으면

하는데 대한 사람 대한으로

길이 보전하세로

각각 자기 자리에 앉는다.

주저앉는다.

　　1970~1980년대에 극장에 가면 영화가 시작되기 전에 '대한 늬우스'라는 제목의 뉴스(라고는 하지만 거의 정부 홍보 영상에 가까웠다죠.)가 나오고 애국가가 흘러나왔다고 합니다. 액션 영화든 에로 영화든 상관없이 말이죠. 애국가가 나오면 관객들은 모두 자리에서 일어나야 했고요.

지금 생각하면 이 무슨 코미디 같은 상황인가 싶어 믿기 어렵겠지만 그땐 그랬다고 해요. 애국가가 나오는 동안 스크린에는 동해와 백두산, "삼천리 화려 강산"의 아름다운 풍경, 경제 발전을 상징하는 고층 빌딩, 열심히 일하는 산업 역군의 모습이 좌르륵 펼쳐집니다. 이 애국가 영상은 부산의 을숙도라는 섬 갈대밭에서 일제히 날아오르는 새 떼가 등장하면서 끝나는데, (저는 영화관에서 애국가를 들은 세대는 아니지만 어릴 적에 이 영상을 워낙 많이 봐서 지금까지도 기억이 나요.) 관객들은 그제야 비로소 자리에 앉을 수 있었습니다.

이 시는 1980년 5.18 광주 민주화 운동 직후에 쓰였습니다. 헌법을 유린하며 군사 쿠데타를 일으키고, 자국민을 학살한 후 권좌를 차지한 부도덕한 군사 정권이 국민에게는 '애국'을 강요하던 때였죠. 이 시를 이해하기 위해서는 이러한 시대적 배경을 참고해야 합니다.

"갈대 숲을 이룩하는 흰 새떼"는 대체 누굴 향해 "낄낄대"는 것이며, 왜 "이 세상 밖 어딘가로 날아"가는 것일까요? 다음 행에서 '우리'도 낄낄대며 웃지만, 시대적 배경을 고려할 때 이 웃음이 진짜 웃음일 리 없습니다. 자조적인 웃음이죠. 반면 새들이 낄낄대는 건 이런 상황에서도 무력하게 애국가를 듣는 화자를 조롱하는 것일 수도, 아니면 자유롭게 날아갈 수 있는 자만이 지을 수 있는 진짜 웃음일 수도 있습니다. 아마 "이 세상 밖 어딘가로 날아"가고 싶은 건 화자일 테죠. 하지만 화자를 포함한 '우리'는 그렇게 하지 못합니다. 새들이 아니기 때문에, 혹은 새들만도 못하기 때문에 자기 자리에 그냥 앉는 것도 아니고 "주저앉는" 것이지요.

　여기까지 읽고서 '그럼 배경지식이 없으면 시도 못 읽는 건가.' 하는 걱정이 드나요? 결론부터 말하자면 그런 걱정은 할 필요가 없습니다. 물론 배경지식이 풍부하면 시뿐만 아니라 철학이나 과학 등 다양한 분야의 글을 읽을 때 더 쉽게 이해할 수 있겠죠. 그렇지만 시에 대한 배경지식은 수업 시간이나 참고서에서 도움을 받을 수 있습니다. 수능에서도 문제를 푸는 데 꼭 필요한 배경지식이 있을 땐 별도로 '보기'를 제시해 힌트를 주고요. 배경지식이 필요해 봤자 방금 읽은 「간」이나 「새들도 세상을 뜨는구나」를 읽는 데 필요한 정도를 넘지 않아요. 즉 약간의 도움만 받으면 여러분도 충분히 읽을 수 있다는 말입니다. 여러분은 시를 배우는 학생이자 독자이지, 시를 전문적으로 비평하거나 연구하는 사람이 아니니까요. 그러니 미리 겁먹을 필요는 없답니다.

익숙하지 않아요
고정관념에서 벗어날 때

시적 발상을 뭐라고 정의할 것인가에 대해서는 다양한 의견과 복잡한 설명이 있겠지만 요약하면 '관습적 사고에서 벗어나기'가 아닐까 해요. 관습적 사고란 사람들이 별 고민 없이 당연하다고 믿고 거기에 맞춰 생각하고 느끼는 도식 같은 것이라고 할 수 있어요.

　예를 하나 들어 볼게요. 지금은 초등학교 3학년인 저의 둘째 아이가 1학년 때 이런 질문을 한 적이 있어요. "엄마, '속마음이 검다'는 게 무슨 뜻이야?" 제가 대답했지요. "한마디로 말해서 착하지 않다는 거지. 거짓말도 잘하고 나쁜 마음을 먹고 있다는 뜻이야." 그랬더니 아이가 이렇게 말하더군요. "세상에! 설마 했는데 정말 그런 뜻이라니! 아니 왜지? 검은색이 너무 기분 나쁘고 억울하겠어. 나는 검은색이 정말 멋진 색이라고 생각하는데."

아이의 말을 듣고 보니 새삼스러운 깨달음이 밀려오더라고요. 검은색은 정말 멋진 색이지요. 세상의 모든 색을 섞었을 때 나오는 색이기도 하고요. 그런데 우리는 관습적으로 검은색을 더럽거나 악한 것, 불운한 것 등 부정적인 관념과 연결 짓곤 하지요.

시는 이러한 관습적 사고, 즉 고정관념에서 벗어나려고 해요. 그것에서 벗어날 때 비로소 볼 수 있는 진실이 있으니까요. 이를 잘 보여 주는 시를 읽어 볼게요.

여전히 반대말 놀이

김선우

행복과 불행이 반대말인가
남자와 여자가 반대말인가
길다와 짧다가 반대말인가
빛과 어둠
양지와 음지가 반대말인가
있음과 없음
쾌락과 고통
절망과 희망
흰색과 검은색이 반대말인가

반대말이 있다고 굳게 믿는 습성 때문에

마음 밑바닥에 공포를 기르게 된 생물,

진화가 가장 늦된 존재가 되어버린

인간에게 가르쳐주렴 반대말이란 없다는 걸

알고 있는 어린이들아 어른들에게

다른 놀이를 좀 가르쳐주렴!

이 시의 '어른들'은 세상을 이분법으로 바라봅니다. 편리하면서도 게으른 고정관념이라고 할 수 있죠. 이분법을 통해 보면 이 세상 모든 것이 선악 구도와 흑백 논리와 경쟁 관계라는 프레임에 갇혀 버립니다. 행복하지 않으면 불행한 것이고, 빛이 아니면 어둠이며, 쾌락이 아니면 고통이고, 희망이 아니면 절망일 뿐이에요. 내 편이 아니면 남의 편이고, 친구가 아니면 적이고, 승리자가 아니면 패배자이므로 절대 지면 안 되죠. 이런 생각이 결국 도달하는 곳은 공포가 깔린 "마음 밑바닥"입니다. 공포에 사로잡히면 현상을 있는 그대로 보지 못하고 이분법에 갇혀 보면서 상투적이고 도식적인 결론을 내버리는 악순환이 계속되지요.

그렇다고 해서 관습적 사고가 무조건 나쁘다는 게 아니에요. 알고 보면 우리가 살아가는 일상은 수많은 관습에 의해 굴러가고 있으니까요. 다만 관습적 사고'만' 하는 건 곤란합니다. 그러다 보면 고정관념에 빠져 삶과 세상에 대해 아무런

문제도 느끼지 못한 채 살아가게 되니까요. 시인의 말을 빌리자면 "다른 놀이"는 있는 줄도 모른 채 "반대말 놀이"만 하면서 살아가는 것이죠. 말하자면 시는 이 "반대말 놀이"를 탈출해 "다른 놀이"를 해 보는 활동이고, 따라서 시를 잘 읽기 위해서는 반대말 놀이 모드가 아닌 다른 놀이 모드로 전환할 필요가 있어요.

사실 관습적 사고가 편하게 느껴지는 건 그것이 우리에게 익숙하기 때문입니다. 시적 발상은 이런 익숙함에서 벗어나 대상을 새로운 눈으로, 때로는 완전히 뒤집어서 보는 것에서 시작해요. 예를 들어 '내가 거울을 본다.'는 건 익숙한 사실이지만 이걸 뒤집어서 '거울이 나를 본다.'고 할 수도 있잖아요. 이왕 거울을 언급한 김에 「거울」이라는 시 전반부(부분 인용)를 읽어 볼게요.

거울

이상

거울속에는소리가없소
저렇게까지조용한세상은참없을것이오

거울속에도내게귀가있소
내말을못알아듣는딱한귀가두개나있소

34

거울속의나는왼손잡이오

내악수를받을줄모르는 ─ 악수를모르는왼손잡이오

이상이 쓴 이 유명한 시는 띄어쓰기를 하지 않았다는 것을 비롯해 여러모로 할 말이 많은 문제적인 작품이지만, 여기서는 발상 차원에서만 언급할게요. 우선 이 시에서는 '나'라는 쪼갤 수 없는 하나의 자아가 두 개, 즉 거울 속의 나와 거울을 바라보는 나로 분리되어 있습니다. 또한 거울은 흔히 자신을 있는 그대로 비춰 주는 매개체로 인식되는데, 이 시에서는 반대로 거울을 바라보는 나와 거울 속의 나를 단절시키는 장치로 표현되고 있고요. 거울 속의 나는 내 말을 알아듣지도 못하고, 내 악수를 받을 줄도 모르죠.

시적 발상은 이렇듯 우리에게 익숙한 자기중심적 사고, 인간 중심적 사고에서 벗어날 때가 많아요. 아래 시도 마찬가지입니다.

시골길

문삼석

돌멩이를 차면서

자동차는

- 에, 그 길 고약하군!

흙먼지를 날리면서
시골길은

　　- 에, 그 차 고약하군!

　　요즘은 시골길도 거의 시멘트로 포장되어 있지만 예전엔 비포장도로가 훨씬 많았어요. 그러다 보니 길에 박힌 돌멩이 때문에 자동차가 덜컹거렸겠고, 그때마다 흙먼지가 뿌옇게 일었겠지요. 사람 입장에서는 자동차와 같은 마음이 들겠지요. '이 길 왜 이렇게 불편하고 짜증 나?' 그렇지만 길 입장에서는 '나는 가만있는데 괜히 나 밟고 가면서 먼지만 잔뜩 일으키고 가네.' 싶었을 겁니다. 익숙한 사고에서 살짝 벗어나 상황을 뒤집어 보기만 해도 이렇게 재밌는 시가 탄생해요. 재밌는 시 한 편 더 볼게요.

새해 첫 기적

반칠환

황새는 날아서
말은 뛰어서

거북이는 걸어서

달팽이는 기어서

굼벵이는 굴렀는데

한날 한시 새해 첫날에 도착했다

바위는 앉은 채로 도착해 있었다

이 시에는 황새와 말과 거북이와 달팽이와 굼벵이 중 누구도 이기거나 지지 않고 "한날 한시"에 도착한 흥미로운 경주가 펼쳐져 있어요. 여기서 하이라이트는 움직일 수 없어서 참가 자격이 없을 것 같은 바위도 당당하게 선수로 참가했다는 것이지요. 경주에서 선수들은 모두 자기 식대로 최선을 다합니다. 황새는 날고, 말은 뛰고, 거북이는 걷고, 달팽이는 기고, 굼벵이는 구릅니다. 바위도 마찬가지예요. "앉은 채로", 즉 움직이지 않는 자기만의 방식대로 도착하지요. 인간 세상에서의 경주는 0.1초로 승부가 갈리는 살벌한 경쟁인데, 만물을 주관하는 신에게는 그런 경주가 너무나 부질없어 보이지 않았을까요. 시간은 인간에게나 황새에게나 굼벵이에게나 공평하게 흐르고 새해 첫날은 누구에게나 동시에 와요. 죽지 않고 살아서 새해 첫날을 맞았다는 게 중요한 사실이고 감사한 기적이지요.

저는 이 시에서 '바위'의 참여가 특히 감동적으로 다가왔습니다. 시인은 바위를 특별히 독립된 연에 홀로 등장시켜 주목받도록 했어요. 움직일 수 없고 목소리를 낼 수 없어 살아 있는 것 같지 않은 존재에게도 새해 첫날은 어김없이 도착했지요. 어쩌면 시인은 이 세상 바위 같은 이들에게 '힘든 시간을 잘 견디고 여기까지 와서 고맙다.'는 응원을 보내고 싶었던 게 아닐까요.

　시 읽기의 재미 중 하나는 바로 이런 시적 발상을 발견하고 거기에 감동하는 데서 오는데, 시적 발상이 이해도 안 되고 공감도 안 되면 시 읽기가 어렵고 괴로운 일이 되어 버리죠. 그러니 앞에서도 말했듯 시를 읽기 위해서는 일단 '관습적 사고'에서 벗어날 필요가 있습니다. 왜 굳이 거기서 벗어나야 하느냐고요? 관습적 사고만으로는 알 수 없고 볼 수 없는 세상의 진실, 삶의 진실이 있기 때문입니다.

일상어랑 달라요
함축적인 언어를 쓸 때

앞에서 말한 시가 어렵게 느껴지는 세 가지 이유, 즉 감성이 안 맞아서 공감이 안 된다거나, 배경지식이 부족하다거나, 관습적 사고에서 벗어나지 못했다거나 하는 문제는 사실 지금부터 이야기할 네 번째 이유에 비하면 부차적이라고 볼 수도 있어요.

일반적으로 시가 어렵게 다가오는 가장 큰 이유는 시의 언어가 갖는 본질적 특성 때문이에요. 바로 시가 일상에서 의사소통을 할 때와 달리 언어를 '함축적으로' 사용하는 장르라는 겁니다. 아! 그렇다고 해서 시의 언어와 일상의 언어가 분명하게 구분되어 있다고 오해하면 안 돼요. 시의 언어는 당연히 일상어를 바탕으로 하니까요. 아주 평범한 일상어만으로도 훌륭한 시를 쓸 수 있고, 반대로 일상적인 의사소통에서도 얼마든지 시적인 표현을 쓸 수 있습니다. 그러니 어디까지나 시의 언어는 일상어와 '비교했을 때' 함축적인 특성이 있다는 정도로 이해하면 돼요.

그렇다면 '함축'이란 무엇일까요? 국어사전에서는 함축을 아래 세 가지 의미로 정의해요.

1. 겉으로 드러내지 아니하고 속에 간직함.
2. 말이나 글이 많은 뜻을 담고 있음.
3. 표현의 의미를 한 가지로 나타내지 아니하고 문맥을 통하여 여러 가지 뜻을 암시하거나 내포하는 일.

사전적 의미 혹은 지시적 의미는 사전에 올라 있는 의미, 단어가 가리키는 바 그대로의 의미입니다. 반면에 함축적 의미는 사전적 의미를 넘어 상황과 맥락 속에서 새롭게 생겨나는 의미입니다.

예를 들어 "화단에 꽃이 많이 피었다."라는 문장에서 '꽃'은 사전적 의미, 즉 꽃받침과 꽃잎 등으로 이루어진 기관이라는 의미로 이해하면 되는 단어지만 "내가 그의 이름을 불러 주었을 때/그는 나에게로 와서/꽃이 되었다."(김춘수, 「꽃」)라는 시에서 '꽃'은 단지 꽃이 아니라 함축적 의미를 지닌 단어가 되죠. 마찬가지로 "하늘에 별이 많다."라는 문장에서 '별'은 말 그대로 밤하늘에 반짝이는 별을 뜻하지만 "오늘 밤에도 별이 바람에 스치운다."(윤동주, 「서시」)라는 시에서 '별'은 시인이 의도한 함축적 의미를 가진 단어입니다.

문제는 이렇게 함축적 의미를 지닌 언어는 '해석'이 필요하다는 점입니다. 더 큰 문제는, 이 함축적 의미는 사전에 적힌 의미처럼 명확하게 딱 떨어지는 것이 아니라 여러 가지 의미로 해석될 때가 많다는 거죠. 방금 '꽃'과 '별'을 언급한 김에 이 두 단어가 들어간 시를 한 편 읽어 봅시다.

사랑하는 별 하나

이성선

나도 별과 같은 사람이
될 수 있을까
외로워 쳐다보면
눈 마주쳐 마음 비쳐주는
그런 사람이 될 수 있을까

나도 꽃이 될 수 있을까
세상일이 괴로워 쓸쓸히 밖으로 나서는 날에
가슴에 화안히 안기어
눈물짓듯 웃어주는
하얀 들꽃이 될 수 있을까

가슴에 사랑하는 별 하나를 갖고 싶다

외로울 때 부르면 다가오는

별 하나를 갖고 싶다

마음 어두운 밤 깊을수록

우러러 쳐다보면

반짝이는 그 맑은 눈빛으로 나를 씻어

길을 비추어주는

그런 사람 하나 갖고 싶다

이 시에서 꽃과 별이 사전적 의미대로 쓰이지 않았다는 것은 분명합니다. 하지만 각각이 어떤 함축적 의미로 쓰였는지 읽어 내는 건 어렵지 않아요. 1연의 별은 "외로워 쳐다보면/눈 마주쳐 마음 비쳐주는" 존재를 의미합니다. 다른 사람의 외로움을 모른 척하지 않고 진심으로 따뜻하게 위로해 주는 사람이지요. 2연의 꽃은 "가슴에 화안히 안기어/눈물짓듯 웃어주는" 존재, 그러니까 1연의 '별'처럼 따뜻하고 타인에게 위로가 되는 사람입니다.

그렇다면 '꽃'이 제목이자 중심 소재로 등장하는 다른 시를 두 편 더 볼까요?

꽃

내가 그의 이름을 불러 주기 전에는

그는 다만

하나의 몸짓에 지나지 않았다.

내가 그의 이름을 불러 주었을 때

그는 나에게로 와서

꽃이 되었다.

내가 그의 이름을 불러 준 것처럼

나의 이 빛깔과 향기에 알맞은

누가 나의 이름을 불러다오.

그에게로 가서 나도

그의 꽃이 되고 싶다.

우리들은 모두

무엇이 되고 싶다.

나는 너에게 너는 나에게

잊혀지지 않는 하나의 눈짓이 되고 싶다.

아주 유명한 시죠? 앞서 잠깐 말했듯이, 이 시에서 꽃은 식물의 기관을 가리키는 단어가 아닙니다. '의미 있는 존재'라는 함축적 의미로 쓰였지요. 이름을 불러 준다는 것은 상대를 자신에게 의미 있는 존재로 인식한다는 뜻이니까요. 상대를 의미 있는 존재로 받아들이게 되면 자신도 상대에게 의미 있는 존재가 되고 싶어 하는 건 매우 자연스러운 일입니다. 그러니 "그에게로 가서 나도/그의 꽃이 되고 싶"은 것이지요.

꽃

이육사

동방은 하늘도 다 끝나고
비 한 방울 내리지 않는 그 땅에도
오히려 꽃은 빨갛게 피지 않는가
내 목숨을 꾸며 쉬임없는 날이여

북쪽 툰드라에도 찬 새벽은
눈 속 깊이 꽃 맹아리가 옴작거려
제비떼 까맣게 날아오길 기다리나니
마침내 저버리지 못할 약속이여!

한바다 복판 용솟음치는 곳

바람결 따라 타오르는 꽃성(城)에는

나비처럼 취하는 회상(回想)의 무리들아

오늘 내 여기서 너를 불러보노라

　한편 이육사 시인의 「꽃」에서 꽃은 '강인한 생명력과 의지'로 해석할 수 있습니다. 하늘이 끝난 것 같은 절망적인 상황에서도, 비 한 방울 내리지 않는 엄혹한 환경에서도, 생명이 자라나기 힘든 툰드라 땅에서도 빨갛게 피어나는 존재가 바로 꽃이니까요.

결빙의 아버지

이수익

어머님,

제 예닐곱 살 적 겨울은

목조 적산 가옥 이층 다다미방의

벌거숭이 유리창 깨질 듯 울어 대던 외풍 탓으로

한없이 추웠지요, 밤마다 나는 벌벌 떨면서

아버지 가랑이 사이로 시린 발을 밀어 넣고

그 가슴팍에 벌레처럼 파고들어 얼굴을 묻은 채

겨우 잠이 들곤 했었지요.

요즈음도 추운 밤이면

곁에서 잠든 아이들 이불깃을 덮어 주며

늘 그런 추억으로 마음이 아프고,

나를 품어 주던 그 가슴이 이제는 한 줌 뼛가루로 삭아

붉은 흙에 자취 없이 뒤섞여 있음을 생각하면

옛날처럼 나는 다시 아버지 곁에 눕고 싶습니다.

그런데 어머님,

오늘은 영하의 한강교를 지나면서 문득

나를 품에 안고 추위를 막아 주던

예닐곱 살 적 그 겨울밤의 아버지가

이승의 물로 화신(化身)해 있음을 보았습니다.

품 안에 부드럽고 여린 물살은 무사히 흘러

바다로 가라고,

꽝 꽝 얼어붙은 잔등으로 혹한을 막으며

하얗게 얼음으로 엎드려 있던 아버지,

아버지, 아버지……

    결빙(얼음)을 중심 소재로 삼은 위 시는 어떤가요? 얼음의
사전적 의미는 '물이 얼어서 굳어진 물질'입니다. 여러분도 잘
알다시피 차갑고 딱딱하죠. 냉정한 사람, 쌀쌀맞은 사람을 얼
음장 같다고 하고요. 그런데 「결빙의 아버지」에서 얼음은 아

버지를 의미합니다. 더 정확히 말하면 자식을 향한 아버지의 희생적 사랑을 의미하지요. '사랑' 하면 따뜻한 것, 부드러운 것, 안락한 것을 떠올리게 마련인데 얼음에 연결 짓다니, 독특한 단어 선택이지요.

시적 화자는 춥고 가난했던 어린 시절 외풍이 심한 집에서 자신을 감싸 안아 재워 주던, 지금은 돌아가신 아버지를 그리워합니다. 이제 자신이 아버지가 되어 추운 겨울 영하의 날씨에 하얗게 얼어붙은 한강을 지나다 단단하고 두꺼운 얼음 아래 여린 물살이 흘러가는 걸 보게 되죠. 그 광경이 마치 아버지(얼음)가 추위에 잠 못 이루던 어린 시절의 시적 화자(여린 물살)를 안아 재워 주던 모습으로 보입니다. 무심히 지나칠 수도 있었던 자연물에서 어린 시절의 기억을 떠올려 지금은 돌아가신 아버지를 향한 그리움을 표현한 것이죠.

산정묘지 1

조정권

겨울 산을 오르면서 나는 본다.
가장 높은 것들은 추운 곳에서
얼음처럼 빛나고,
얼어붙은 폭포의 단호한 침묵.
가장 높은 정신은

추운 곳에서 살아 움직이며

허옇게 얼어터진 계곡과 계곡 사이

바위와 바위의 결빙을 노래한다.

　한편 부분 인용한 위 시에서 얼음(결빙)은 '가장 높은 정신'을 의미합니다. 세속적 성공을 위해 불의와 타협하지 않는 고결한 기품, 흐물거리지도 질척거리지도 않는 단단한 의지를 높은 산 위의 얼음으로 형상화한 것이지요.

　자, 이렇게 꽃과 별과 얼음이 여러 시인에 의해 다양하고 새로운 함축적 의미를 갖게 되었습니다. 그렇다면 여러분은 이런 의문을 가질 수 있어요. 왜 굳이 시는 단어를 일상에서 쓰는 사전적 의미가 아니라 함축적 의미로 사용하느냐고요. 시어의 함축적 의미 때문에 시가 애매모호하고 난해해지는 게 아니냐고요. 이 질문에 대답하자면, 시어가 함축적인 이유는 아이러니하게도 더 '풍부하고 정확하게' 말하고 싶어서랍니다.

　예를 들어 '사랑'이라는 말이 일상에서 어떻게 쓰이는지 생각해 보세요. 엄마가 아이에게 "아가야, 사랑해."라고 말할 때의 사랑과, 콜센터 상담원이 전화를 받으며 "사랑합니다, 고객님."이라고 말할 때의 사랑이 과연 같은 의미일까요?

　비유적으로 말하면 우리가 일상에서 쓰는 언어는 이미 때가 많이 타고 너덜너덜하게 해진 신발입니다. 시는 이런 신발에서 때를 벗겨 내고 반질반질 윤이 나는 상태로 만들고 싶어 하고요. 밑창이 다 닳고 뒤축이 해진 신발을 아무렇지도 않게 꺾어 신듯이, 일상적인 언어는 하도 많이 쓰여서 별 긴장감을 주지 못합니다. 이런 언어를 쫀쫀하게 만들고 싶어 하는 문학 장르가 시인 것이고요. 혹시 이 말도 조금 모호하게 들리나요?

2

어려운
시,
께
배울까

복잡한 마음을
이해하기 위해

'열 길 물속은 알아도 한 길 사람 속은 모른다.'라는 속담이 있습니다. 물은 아무리 깊어도 그 깊이를 알 수 있지만 사람의 마음은 좀처럼 알기 어렵다는 뜻이지요. 생각해 보면 사람 마음만큼 정확하게 표현하고 이해하기 힘든 것도 없어요. 볼 수도 들을 수도 만질 수도 맛볼 수도 냄새 맡을 수도 없고, 형체도 무게도 없으니 말입니다. 어쩌면 마음을 주고받는 것이야말로 사람이 살아가면서 맞닥뜨리는 일들 가운데 가장 어려운 일인지도 모릅니다.

사람에게는 자신의 마음을 표현하고 싶은 욕망이 있어요. 저마다 크기에 차이는 있을지언정 누구에게나 있는 욕망입니다. 그렇다면 여러분은 어떤 마음일 때 그런 욕망이 생기나요? 나를 둘러싼 모든 상황이 만족스럽고 계속 기쁜 일만 생기고 아무런 근심 걱정 없을 때인가요, 아니면 그 반대일 때인가요?

　물론 만족과 기쁨과 행복이 흘러넘쳐서 글이나 그림이나 노래로 표현될 때도 있겠지요. 그렇지만 보통은 그러지 못할 때 표현하고 싶다는 욕망이 생겨납니다. 내면의 갈등이든 타인과의 갈등이든 삶에는 기본적으로 갈등이라는 것이 깔려 있습니다. 모든 사람이 다 내 마음 같다면, 세상일이 다 내 뜻대로 된다면 얼마나 좋겠습니까만 그건 불가능합니다. 우리는 남들에게 오해를 받을 때 힘들고, 사랑하는 사람과 헤어질 때 괴로우며, 최선을 다했음에도 실패할지 모른다는 두려움을 안고 살아갑니다. 사람은 무언가로부터 고통받을 때 표현에 대한 욕망이 강해집니다. 고통이라는 단어가 너무 크게 여겨진다면 마음이 힘들 때를 생각해 보세요.

　시는 이러한 고통을 표현하기에 매우 적합한 장르입니다. 앞서 말했듯이 사람의 마음은 너무나 복잡하고 미묘해서 단순 명쾌하게 한 줄로 요약할 수가 없어요. 지금으로부터 100여 년 전에 나온 시를 한 편 읽어 보면서 이야기할게요.

　　가는 길

　　　　　　　　　　　　　　　　　김소월

　　그립다
　　말을 할까

하니 그리워

그냥 갈까
그래도
다시 더 한 번……

저 산에도 까마귀, 들에 까마귀
서산에는 해 진다고
지저귑니다.

앞강물, 뒷강물,
흐르는 물은
어서 따라오라고 따라가자고
흘러도 연달아 흐릅디다려

이 시의 화자는 사랑하는 사람과 이별하는 상황입니다. "그립다/말을 할까/하니 그리워"(1연)라는 표현이 여러분에게는 어떻게 다가오나요. 떠나려 하니 그리움이 가슴속 깊은 곳에서부터 올라오지만 '그립다'는 말을 입 밖으로 꺼내는 순간 그리움이 더욱 커져 떠나지 못할 것만 같은 두려움. 이 복잡한 마음을 시인은 단 열두 글자로 표현했습니다. 그냥 가야겠다고 발길을 돌리다가도 차마 발걸음을 떼지 못하고 사랑하는 사람이 있는 곳을 돌아봅니다(2연). 돌아보아도 아무 소용 없다는 걸 알면서도 말이지요. 망설임과 미련 때문에 이러지도 저러지도 못하고 있는데 까마귀가 왜 빨리 떠나지 않느냐고 재촉하듯 울어대고(3연), 강물마저 쉴 새 없이 흘러가면서어서 결정을 내리라고 말하는 것 같습니다(4연). 까마귀나 강물로 상징되는 자연은 미련이 없습니다. 순리에 자신을 맡길 뿐이지요. 그렇지만 사람은 그러지 못하는 존재입니다. 서산에 지는 해를 보면서도 마음을 잡지 못합니다.

보다시피 이 시는 길지도 않고 마음을 구구절절 토로하지도 않았습니다. 간결한 형식에 이별하는 사람의 심란하고 무거운 마음을 담아냈지요. 짧은 말로 풀어내기 어려운 감정이지만 충분히 표현되어 있습니다. 말을 길게 한다고 해서 마음이 정확하게 표현되는 건 아니라는 진실을 이 시는 새삼 알려 줍니다.

위 시와 비슷한 상황이 그려진 시를 한 편 더 읽어 볼게요. 이번엔 30여 년 전에 발표된 작품입니다.

서해

이성복

아직 서해엔 가보지 않았습니다
어쩌면 당신이 거기 계실지 모르겠기에

그곳 바다인들 여느 바다와 다를까요
검은 개펄에 작은 게들이 구멍 속을 들락거리고
언제나 바다는 멀리서 진펄에 몸을 뒤척이겠지요

당신이 계실 자리를 위해
가보지 않은 곳을 남겨두어야 할까봅니다
내 다 가보면 당신 계실 곳이 남지 않을 것이기에

내 가보지 않은 한쪽 바다는
늘 마음속에서나 파도치고 있습니다

　　누군가를 사랑한 기억이란 결국 어떤 공간에 대한 기억이기도 합니다. 사랑하는 사람과 함께했던 곳, 아니면 사랑하는 사람에게 의미 있었던 곳은 나에게도 특별한 곳이 되니까요. 시의 제목이기도 한 '서해'는 그런 곳입니다. 구체적으로 어떤 추억이 있는 곳인지, 어떤 의미가 있는 곳인지는 말하지 않지만 어쨌든 시적 화자에게 서해는 특별한 곳입니다.

　　그런데 '나'는 거기에 가 보지 않았다고 말합니다. "어쩌면 당신이 거기 계실지 모르겠기에", "내 다 가보면 당신 계실 곳이 남지 않을 것이기" 때문이랍니다. 이유를 밝혔는데 그 이유라는 것이 읽는 사람을 더욱 궁금하게 만듭니다. 진짜 속마음은 숨기고 있는 것 같거든요. 그래서 다음과 같은 짐작을

해 봅니다.

'나'는 당신이 너무나도 그립기에 지금 당신이 내 곁에 없다는 사실이 아프고, 영영 당신을 만나지 못할 수도 있다는 가능성이 무섭습니다. 당신이 서해에 계실 것이라고 생각하지만, 막상 찾아갔는데 그곳에 당신이 없다면 당신의 부재를 실감해야 할 뿐 아니라 그 어디에서도 당신을 찾지 못한다는 절망감에 빠지게 됩니다. 그러느니 차라리 당신이 그곳에 계시리라고 믿는 편이 더 위안이 되는 것이지요.

물론 이런 짐작이 맞을 거라는 보장은 없습니다. 정확히 말하면 짐작이 맞고 안 맞고는 그리 중요한 문제가 아닙니다. 내 마음도 다 모르는데 남의 마음을 어떻게 다 알겠어요. 중요한 것은 시를 읽으며 다른 사람의 마음을 이렇게도 혹은 저렇게도 진지하고 깊게 알아보려는 태도 자체가 아닐까요.

앞에서 사람은 기쁨과 행복을 느낄 때보다는 슬픔과 고통에 잠겨 있을 때 표현의 욕망이 더 강해진다는 말을 했지요. 저는 살면서 기쁜 일만 있을 수는 없겠지만 감당할 수 있는 슬픔, 그러니까 스스로의 다짐과 타인의 위로로 치유될 수 있는 정도의 슬픔만 찾아온다면 얼마나 좋을까 생각해요. 저에게든 남에게든 말이에요. 가령 사랑하는 사람과 이별하면 당장은 죽을 것처럼 힘들 수 있겠지만 많은 경우 시간이 해결해 줄 수 있는 고통입니다. 연로한 부모가 돌아가시는 것, 이 또한 가슴 아프지만 받아들일 수 있는 슬픔입니다. 우리는 사람이 언젠가 흙으로 돌아간다는 사실을 알고 있으니까요. 그렇기에 부모상을 치르고 있는 사람에게 '삼가 고인의 명복을 빕니다.'라는 관용적 문구를 남기며 위로할 수 있는 것이죠.

그렇지만 대체 어떻게 위로를 건네야 할지 몰라 겁이 날 정도의 슬픔, 위로받는 쪽에서도 건너오는 모든 말이 오히려 치욕스러운 고통이 되는 슬픔도 있습니다. 예를 들면 자식을 먼저 떠나보낸 부모의 슬픔 같은 것이요.

유리창 1

정지용

유리에 차고 슬픈 것이 어른거린다.
열없이 붙어서서 입김을 흐리우니
길들은 양 언 날개를 파닥거린다.
지우고 보고 지우고 보아도
새까만 밤이 밀려나가고 밀려와 부딪치고,
물 먹은 별이, 반짝, 보석처럼 박힌다.
밤에 홀로 유리를 닦는 것은
외로운 황홀한 심사이어니,
고운 폐혈관이 찢어진 채로
아아, 늬는 산새처럼 날아갔구나!

정지용 시인이 1930년에 발표한 작품입니다. 이 시의 화자는 방 안 유리창에 붙어 서서 입김을 불고 있습니다. 시간적 배경은 밤이고요. 화자는 왜 입김을 부는 걸까요. 유리창 밖에 무언가가("차고 슬픈 것"이) 어른거리는 것 같은데 그게 정확히 무엇인지는 모릅니다. 그럼에도 그는 입김을 불어 성에를 녹이는데, 순간 그 무언가가 자신에게 길들여진 새인 양 날개를 파닥거리는 것이 보입니다. 화자는 그 모습을 자꾸 보고 싶은 나머지 유리창에 붙어 서서 성에를 "지우고 보고 지우고 보는" 일을 반복하지요. 하지만 유리창 저편으로 밀려 나갔다 다시 밀려드는 것은 "새까만 밤"뿐입니다. 새까만 밤 하늘 저편에 반짝 빛나는 별이 "물 먹은 별"인 이유는 무엇일까요. 별을 바라보는 화자의 눈에 눈물이 고여 있기 때문이겠지요.

　　화자는 대체 무슨 이유로 창가에 서서 이러고 있는 걸까요. 여기에는 약간의 배경지식이 필요합니다. 이 시는 시인이 어린 아들을 폐렴으로 잃은 뒤에 쓴 시로 알려져 있거든요. 화자는 유리창에 어리는 "차고 슬픈 것"에서 죽은 아이를 떠올리는 겁니다. 물론 아이가 죽은 것은 객관적 현실이고, 이 현실을 무슨 수로도 바꿀 수 없다는 걸 화자도 압니다. 그렇지만 유리창에 어리는 무언가에서 죽은 아이를 떠올리는 환상을 통해서나마 죽은 아이를 만나는 순간은 황홀합니다. 그 순간이 황홀하다고 한들 환상은 어디까지나 환상일 뿐, 현실은 그냥 "새까만 밤"이지요. 황홀한 순간은 짧고 그 이후엔 더 큰 외로움이 밀려듭니다. 이 참담하고도 복잡한 심정을 시인은 "외로운 황홀한 심사"라는 여덟 글자로 표현했습니다. 그러니 마지막 두 행은 앞에서 최대한 절제하며 표현했던 감정이 어쩔 수 없는 비통한 탄식으로 터져 나온 것이라고 볼 수 있습니다.

위 시와 비슷한 상황을 그린 시를 한 편 더 보겠습니다.

> 너는 돌 때 실을 잡았는데,
> 명주실을 새로 사서 놓을 것을
> 쓰던 걸 놓아서 이리되었을까.
>
> 엄마가 다 늙어 낳아서 오래 품지도 못하고 빨리 낳았어.
> 한 달이라도 더 품었으면 사주가 바뀌어 살았을까.
> 엄마는 모든 걸 잘못한 죄인이다.
>
> 몇 푼 더 벌어보겠다고 일하느라 마지막 전화 못 받아서 미안해.
> 엄마가 부자가 아니라서 미안해.
> 없는 집에 너같이 예쁜 애를 태어나게 해서 미안해.
> 엄마가 지옥 갈게, 딸은 천국에 가.

저는 이 시를 쓴 분의 이름을 모릅니다. 안산 세월호 합동분향소에 이름 없이 걸려 있던 이 시는, 세월호 참사로 세상을 떠난 딸에게 보낸 편지였으니까요. 아마도 어머니에게 시를 쓰려는 의도는 없었을 것입니다. 자식을 먼저 보낸 비통함과 죽은 딸에 대한 가슴 미어지는 미안함과 간절한 그리움을 담아 편지를 쓰셨겠지요. 하지만 이 글이 어떻게 시가 아닐 수 있을까요.

우리가 시를 읽는 이유 중 하나는 자신의 마음과 타인의 마음을 잘 알기 위해서입니다. 열 길 물속보다 깊디깊은 그 마음을 말입니다. 시는 사람의 마음을 담기에 매우 좋은 그릇이거든요. 인생을 살아가는 데에는 지식을 쌓고 기술을 배우는 것보다 나의 마음을 이해하고 타인의 마음에 공감하는 능력과 태도가 더 중요하지 않을까요.

시대와 공동체의
아픔을 같이 느끼기 위해

시는 인간의 삶에서 탄생한 언어예술이자 언어문화의 한 형태이고, 당연히 그 삶은 당대 현실에서 자유롭지 않습니다. 앞서 읽은 세월호 합동분향소에 걸려 있던 편지는 2014년 4월 16일 세월호 참사가 일어나지 않았다면 쓰이지 않았겠지요. 1장에서 함께 읽은 황지우 시인의 「새들도 세상을 뜨는구나」도 1980년대의 시대적 상황과 깊게 연관된 작품이고요. 시를 쓰는 모든 사람은 현실을 함께 살아가는 공동체의 구성원입니다. 시에 현실을 얼마나 담을 것인가는 저마다 다를 수 있지만, 현실과 아무 관련 없는 진공 상태에서 창작된 작품은 없습니다.

우리나라 근현대사는 말 그대로 파란만장했습니다. 일본 제국주의에 의해 국권을 침탈당한 일제 강점기 36년을 지나, 광복 이후에는 이데올로기로 첨예하게 대립했고, 곧바로 동족상잔의 참혹한 전쟁이 3년간 이어졌습니다. 그리고 70여 년이 지난 지금까지도 휴전 상태로 분단이 지속되고 있지요. 이승만 독재 정권을 4·19로 무너뜨렸지만 5·16 군사정변으로 정권을 잡은 군사 정권이 길게 이어졌고, 이후엔 12·12 군사 반란으로 정권을 탈취한 일당이 1980년 5월 광주에서 자국민을 대량 학살했습니다. 길고 긴 군사 정권 기간 동안 민주주의는 짓밟혔지만 한편으로는 국가 주도의 경제 개발이 성공해 세계 최빈국이었던 대한민국은 이제 먹고살 만한 나라가 되었습니다.

그렇다면 산업화와 민주화에 성공했고 더 나아가 IT 강국, 문화 강국이라는 평가를 받게 된 지금은 어떤가요? 모두가 행복한 사회가 되었나요? 치열한 경쟁 사회에서 청소년들은 학업 스트레스를 견뎌 내느라 힘들고, 좋은 일자리를 찾아보기 힘든 저성장 사회를 맞닥뜨린 청년 세대도 힘듭니다. 국민 총생산은 크게 늘었지만 경제적 양극화는 심해졌고, 자살률과 노인 빈곤율은 심각한 지경입니다. 우리는 과거에도 지금도 이런저런 문제가 있는 현실을 살아가고 있는 것이지요.

그렇지만 긍정적 현실은 긍정적인 대로 부정적 현실은 부정적인 대로 문학의 소재이자 배경이 됩니다. 문학은 아픔 또한 자산으로 받아들이기 때문이지요. 물론 문학은 상상력을 중요한 연료로 삼지만, 상상력은 현실과 무관할 수 없습니다. 상상력이란 원래 있는 세상이 아니라 있어야 할 세상을 꿈꾸는 힘이고, 이미 존재하는 현실이 아닌 마땅히 존재해야 하는 현실을 꿈꾸는 힘이니까요.

이 세상이 전래동화처럼 착한 사람은 복을 받고 나쁜 사람은 벌을 받는 권선징악의 법칙대로만 굴러간다면 얼마나 좋을까요. 그렇지만 여러분도 알다시피 현실 세계는 전래동화 속 세계보다 복잡하고 부조리합니다. 선한 마음으로 최선을 다했음에도 뜻을 이루지 못할 수도 있고, 욕심만 많은 사람이 세속적 성공을 거두기도 합니다.

문학은 이러한 현실에 순응하는 대신에 이를 극복하고 더 나은 세상을 보여 주고자 하는 속성이 있습니다. 문학이 현실에 비판적일 수밖에 없는 이유가 여기에 있어요. 아무런 고민 없이 현실을 수용하기만 한다면 굳이 뭐 하러 시를 쓰고 소설을 쓰겠어요. 문학은 현실에서 도망치지 않으면서도 어떻게든 더 나은 현실을 소망합니다. 만일 더 나은 현실을 소망할 수도 없는 상황이라면, 그러한 절망적 상황을 있는 그대로 보여 주기라도 합니다.

꽃덤불

신석정

태양을 의논하는 거룩한 이야기는
항상 태양을 등진 곳에서만 비롯하였다.

달빛이 흡사 비 오듯 쏟아지는 밤에도

우리는 헐어진 성터를 헤매이면서

언제 참으로 그 언제 우리 하늘에

오롯한 태양을 모시겠느냐고

가슴을 쥐어뜯으며 이야기하며 이야기하며

가슴을 쥐어뜯지 않았느냐?

그러는 동안에 영영 잃어버린 벗도 있다.

그러는 동안에 멀리 떠나버린 벗도 있다.

그러는 동안에 몸을 팔아버린 벗도 있다.

그러는 동안에 맘을 팔아버린 벗도 있다.

그러는 동안에 드디어 서른여섯 해가 지나갔다.

다시 우러러보는 이 하늘에

겨울밤 달이 아직도 차거니

오는 봄엔 분수처럼 쏟아지는 태양을 안고

그 어느 언덕 꽃덤불에 아늑히 안겨 보리라.

이 시에 대한 아무런 배경지식이 없어도 4연 "그러는 동안
에 드디어 서른여섯 해가 지나갔다."는 한 문장이 이 시가 창
작된 시대적 배경을 알려 주는 힌트가 됩니다. 실제로 이 시는

해방 후 약 10개월이 지난 1946년 6월에 발표된 작품이에요.

1연에 두 차례 나오는 '태양'은 서로 다른 의미로 읽어야 합니다. 앞에 나오는 태양이 조국의 광복을 의미한다면 뒤에 나오는 태양은 말 그대로 하늘에 떠 있는 해를 의미하지요. 즉 일제 강점기에 조국의 광복을 의논하는 것은 언제나 해를 등진 어두운 곳에서, 비밀리에 이루어졌다는 뜻입니다.

2연의 '밤'과 "헐어진 성터"는 암울한 시대적 상황과 망가져 버린 민족의 현실을 의미합니다. 보통 긍정적이고 낭만적인 의미를 갖는 '달빛'이 이 시에서는 부정적인 의미로 쓰였습니다. 마치 비가 쏟아져 내리듯 날카롭게 퍼붓는 이미지로요. 하지만 이런 상황일수록 오히려 태양을 향한 열망은 강해지는 법이지요. 언젠가는 '태양', 즉 조국의 광복을 강렬히 염원하는 모습이 그려집니다.

3연은 이 시의 하이라이트라고 할 수 있어요. 이토록 어두운 세월을 지나오면서 드러난 다양한 인간 군상을 나열합니다. 독립운동을 하다가 목숨을 잃은 사람, 조국을 떠나 나라 밖을 떠돌고 있는 사람, 결국은 친일의 길로 들어선 사람, 친일하는 정도가 아니라 아예 영혼까지 팔아 치우면서 일제에 부역한 사람.

중요한 건 다음 연입니다. 36년의 어두운 세월을 견디고 그토록 갈망하던 해방을 맞았습니다. 사람들은 이제 광복의 기쁨을 누리며 행복해야 할 것 같지요. 그런데 현실은 여전히

'겨울'이에요. 해방이 이루어졌지만, 해방의 기쁨을 충분히 누리기도 전에 이데올로기에 매여 좌우 대립이 극심해진 상태였거든요. (실제로 몇 년 지나지 않아 한국전쟁이 벌어졌지요.) 그럼에도 시인은 다가올 봄에 "꽃덤불에 아늑히 안겨" 보겠다는 희망을 놓지 않습니다.

이번엔 1979년에 발표된 시를 한 편 읽어 볼게요. 조금 길지만 비교적 쉽게 읽히는 시입니다.

희미한 옛사랑의 그림자

김광규

4·19가 나던 해 세밑
우리는 오후 다섯 시에 만나
반갑게 악수를 나누고
불도 없이 차가운 방에 앉아
하얀 입김 뿜으며
열띤 토론을 벌였다
어리석게도 우리는 무엇인가를
정치와는 전혀 관계없는 무엇인가를
위해서 살리라 믿었던 것이다
결론 없는 모임을 끝낸 밤
혜화동 로터리에서 대포를 마시며

사랑과 아르바이트와 병역 문제 때문에
우리는 때 묻지 않은 고민을 했고
아무도 귀 기울이지 않는 노래를
누구도 흉내 낼 수 없는 노래를
저마다 목청껏 불렀다
돈을 받지 않고 부르는 노래는
겨울밤 하늘로 올라가
별똥별이 되어 떨어졌다

그로부터 18년 오랜만에
우리는 모두 무엇인가 되어
혁명이 두려운 기성세대가 되어
넥타이를 매고 다시 모였다
회비를 만 원씩 걷고
처자식들의 안부를 나누고
월급이 얼마인가 서로 물었다
치솟는 물가를 걱정하며
즐겁게 세상을 개탄하고
익숙하게 목소리를 낮추어
떠도는 이야기를 주고받았다
모두가 살기 위해 살고 있었다
아무도 이젠 노래를 부르지 않았다

적잖은 술과 비싼 안주를 남긴 채

우리는 달라진 전화번호를 적고 헤어졌다

몇이서는 포커를 하러 갔고

몇이서는 춤을 추러 갔고

몇이서는 허전하게 동숭동 길을 걸었다

돌돌 말은 달력을 소중하게 옆에 끼고

오랜 방황 끝에 되돌아온 곳

우리의 옛사랑이 피 흘린 곳에

낯선 건물들 수상하게 들어섰고

플라타너스 가로수들은 여전히 제자리에 서서

아직도 남아 있는 몇 개의 마른 잎 흔들며

우리의 고개를 떨구게 했다

부끄럽지 않은가

부끄럽지 않은가

바람의 속삭임 귓전으로 흘리며

우리는 짐짓 중년기의 건강을 이야기했고

또 한 발짝 깊숙이 늪으로 발을 옮겼다

대한민국 헌법 전문前文은 "유구한 역사와 전통에 빛나는 우리 대한국민은 3·1운동으로 건립된 대한민국임시정부의 법통과 불의에 항거한 4·19민주이념을 계승하고"라는 구절로 시작합니다. 1960년 3월 15일에 행해진 이승만 정권의 부정 선거를 규탄하며 일어난 4·19 혁명은 민주공화국 시민으로서 부패한 독재 권력을 무너뜨린 사건이었습니다. 그러니 당시 대학생으로서 4·19 혁명을 이끈 세대에게는 4·19가 '옛사랑' 같은 느낌으로 다가오지 않았을까 싶어요.

이 시의 화자는 '나'가 아니라 '우리'입니다. 화자는 4·19가 일어나던 해 말에('세밑'은 한 해가 끝날 무렵을 뜻합니다.) 친구들과 토론을 벌이고 고민을 토로하며 술을 마셨던 과거를 떠올립니다. 당시의 '우리'는 불 없는 차가운 방에서도 열띤 토론을 벌일 수 있을 만큼 젊었고 열정이 넘쳤습니다. 아마도 대학생이었을 '우리'는 자신들의 순수한 열정이 세상을 변화시킬 수 있을 거라고 믿었겠지요. 이런 믿음은 착각이었다는 걸("별똥별이 되어 떨어졌다") 나중에 알게 되지만요.

"그로부터 18년"이 지난 뒤 우리는 다시 만났습니다. 18년 뒤면 1978년, 박정희 군사 정권이 막바지에 이르고 유신 헌법으로 국민의 기본권이 제한되던 시절입니다. 그 무엇도 두려워하지 않던 용기와 하얀 입김을 뿜으며 토론을 하던 열정은 사라지고 "혁명이 두려운 기성세대가 되어" 모인 것이죠. 소시민답게 회비를 만 원씩 걷고 월급을 묻고 치솟는 물가를 걱정하고 "즐겁게 세상을 개탄"합니다. 더 이상 현실에 대한 울분이나 더 나은 세상에 대한 갈망이 없으니 세상을 개탄해도 즐겁게 할 수 있는 것이겠지요. 무엇보다 "익숙하게 목소리를 낮추어" 이야기했다는 대목은 목청껏 노래를 불렀던 젊은 시절과 대비되어 이들이 소시민으로 완전히 길들여진 상태임을 보여 줍니다.

　오랜만에 친구들을 만났는데도 즐겁지가 않고 부끄러움이 밀려옵니다. 젊은 시절의 순수와 열정이 사라지고 속물적으로 살아가는 우리들에게 부끄럽지 않느냐고 바람이 속삭이는 것 같습니다. 이러나저러나 우리는 그러한 "바람의 속삭임을 귓전으로 흘리며" "또 한 발짝 깊숙이 늪으로 발을 옮"깁니다.

　저도 몇 년 전 오랜만에 대학 시절 친구들을 만났습니다. 저를 포함해 그날 만난 친구들은 대학 시절엔 세상의 불평등과 부조리에 대해 고민하고 분노하며 좋은 세상을 만들고 싶다는 열망이 있었습니다. 그렇지만 오랜만에 만난 그날 그 자리의 주된 화제는 부동산과 주식과 사교육이었습니다. 부동산 문제를 개탄하는 대신 부동산 재테크에 성공한 친구의 말에 귀를 기울이고, 주식 광풍을 걱정하는 대신 주식 정보를 교환하면서, 미친 사교육 시스템에 분노하는 대신 아이를 언제 어느 학원에 보내는 것이 좋을까를 이야기했지요. 그날 밤 저는 이 시를 찾아 읽었습니다. 우리가 '늪'으로 발을 옮기는 것에서 끝나는 이 시의 결말이 사실적이라 더 슬펐어요. 많은 이들이 현실이 늪인 줄도 모르고 혹은 늪인 줄 알면서도 벗어나지 못한 채로 살고 있으니까요.

성에꽃

최두석

새벽 시내버스는

차창에 웬 찬란한 치장을 하고 달린다

엄동 혹한일수록

선연히 피는 성에꽃

어제 이 버스를 탔던

처녀 총각 아이 어른

미용사 외판원 파출부 실업자의

입김과 숨결이

간밤에 은밀히 만나 피워 낸

번뜩이는 기막힌 아름다움

나는 무슨 전람회에 온 듯

자리를 옮겨 다니며 보고

다시 꽃이파리 하나, 섬세하고도

차가운 아름다움에 취한다

어느 누구의 막막한 한숨이던가

어떤 더운 가슴이 토해 낸 정열의 숨결이던가

일없이 정성스레 입김으로 손가락으로

성에꽃 한 잎 지우고

이마를 대고 본다

덜컹거리는 창에 어리는 푸석한 얼굴

오랫동안 함께 길을 걸었으나

지금은 면회마저 금지된 친구여

성에는 기온이 영하일 때 벽이나 유리 따위에 수증기가 하얗게 얼어붙은 것을 말합니다. 요즘 버스는 냉난방이 잘되어서 성에를 보기 힘들 것 같은데 예전엔 겨울날 아침이면 버스 창문이든 집 창문이든 성에가 잔뜩 끼어 있는 것을 볼 수 있었습니다. 이 시의 화자는 이 성에를 '꽃'으로, "찬란한 치장"으로, "기막힌/차가운 아름다움"으로 표현하고 있습니다. 더 나아가 이 성에꽃은 누군가의 "막막한 한숨"으로도, "정열의 숨결"로도 표현되지요.

여러분은 겨울 새벽에 버스를 타 본 적이 있나요? 저는 몇 번 있는데 좌석이 깜짝 놀랄 만큼 차가웠던 기억이 나요. 몸이 추우니 마음까지 추워져서 의자에 몸을 웅크리고 앉아 눈을 감은 채 얼른 목적지에 도착하기만을 바랐던 것 같아요. 그런데 시인은 뭐가 달라도 다르네요. "무슨 전람회에 온 듯 자리를 옮겨 다니며" 성에꽃을 들여다보다니.

사실 이런 시선은 동시대를 힘겹게 살아가는 서민들에 대한 애정에서 비롯된 것입니다. 시에서도 말하듯 새벽 버스를 타는 사람은 대개 "미용사 외판원 파출부 실업자" 등 보통 사람들이니까요. 새벽부터 일어나 엄동설한에 버스를 타니 고됐을 테고, 유리창에 고개를 기댄 채 한숨을 내쉬었을지도 모릅니다. 아니면 오늘 하루도 열심히 해 보자고 "더운 가슴"으로 다짐했을지도 모르죠. 그런 숨이 모이고 모여 성에꽃을 피워 냈을 테고요. 그들의 삶에 대한 연민과 동질감이 없었다면 이런 시는 탄생할 수 없었을 겁니다. 그들에 대한 애정은 후반부에 이르러 한 사람, "면회마저 금지된 친구"로 응축됩니다. 왜 면회마저 금지되었을까요. 이 시가 발표된 시점을 고려하면, 친구는 독재 정권에 저항한 정치범이었을 확률이 높습니다.

　이러한 배경을 알고 읽으면 이 시에 깔려 있는 어찌할 수 없는 안타까움과 슬픔을 좀 더 정확하게 감지할 수 있지만, 설혹 알지 못한 채 읽는다 해도 충분히 서정적이고 따뜻하고 아름다운 시지요. 이 시는 당시 상황을 노골적으로 설명하지 않고도 시대적 분위기와 서민들의 삶을 잘 보여 주고 있습니다. 좋은 시는 언제나 그러합니다.

시적 상상력을
키우기 위해

우리가 물이 되어

강은교

우리가 물이 되어 만난다면
가문 어느 집에선들 좋아하지 않으랴.
우리가 키 큰 나무와 함께 서서
우르르 우르르 비 오는 소리로 흐른다면.

흐르고 흘러서 저물녘엔
저 혼자 깊어지는 강물에 누워
죽은 나무뿌리를 적시기도 한다면.
아아, 아직 처녀인
부끄러운 바다에 닿는다면.

그러나 지금 우리는
불로 만나려 한다.
벌써 숯이 된 뼈 하나가
세상에 불타는 것들을 쓰다듬고 있나니

만 리 밖에서 기다리는 그대여
저 불 지난 뒤에
흐르는 물로 만나자.
푸시시 푸시시 불 꺼지는 소리로 말하면서
올 때는 인적 그친
넓고 깨끗한 하늘로 오라.

몇 년 전 한 과학고등학교의 국어 교사로 근무하던 선배로부터 들은 이야기입니다. 수업 시간에 학생들과 함께 이 시를 읽었는데, 한 학생이 손을 들고 이런 문제 제기를 하더래요. "2연 3행에 '죽은 나무뿌리를 적시기도 한다면'이라는 말이 너무 이상해요. 죽은 나무는 물에 닿으면 썩을 텐데요?"

이런 과학적인 문제 제기가 아니더라도 시를 읽다 보면 이상한 점이 한두 가지가 아닙니다. 사실 제목부터가 그래요. '우리가 물이 되어'라니요. 사람이 물이 된다는 게 도대체가 말이 됩니까? 그럼에도 시는 이런 표현을 종종 서슴없이 합니다.

당연히 이 시에서 '물'은 함축적 의미를 가진 시어입니다. 물은 생명을 잉태하고 자라게 하는 성질을 지니고 있지요. 1연과 2연에는 그러한 생명력의 상징으로서의 물이 청각적으로, 시각적으로 형상화되어 있습니다. 가뭄을 해갈하고 죽은 나무 뿌리를 적시면서 바다로 유장하게 흘러가는 모습으로요.

그런데 3연에 이르면 물과 대립적 이미지를 갖는 불이 등장합니다. 불은 만물을 태우고 파괴합니다. 그렇다고 해서 불이 나쁜 것은 아닙니다. 불은 파괴하기도 하지만 더러운 것을 깨끗하게 만드는 힘도 있거든요. 파괴의 상징이자 정화淨化의 상징이기도 한 것이지요. 불이 다 타고 난 뒤의 세상을 시인은 "넓고 깨끗한 하늘"이라 표현합니다. 진정 풍요롭고 맑고 생명력 넘치는 세상은 더럽고 혼란스러운 것들이 불타 사라진 뒤에 비로소 가능하리라는 의미이지요. 그러니 이 시에서 물과 불은 대립적 의미를 지님과 동시에 서로 보완하고 협력하는 상보적相補的 의미를 지닌다고 볼 수 있습니다.

사람이 물이 되는 작품을 읽어 봤으니 이번에는 벌레가 되는 작품을 읽어 볼까요? 아, 벌레가 되는 이야기를 꺼내니 몇 달 전 유행했던 질문 놀이가 떠오르는군요. "내가 갑자기 바퀴벌레가 된다면 어떻게 할 거야?"라는 질문을 부모에게 던지고 대답을 받아 내는 놀이 말이지요. 혹시 이 책을 읽고 있는 여러분도 해 봤나요? 저는 이 놀이를 둘째 아이가 해서 알게 되었지 뭐예요.

잘 알려져 있다시피 이 놀이는 프란츠 카프카의 「변신」이라는 소설에서 모티브를 얻은 것입니다. 이 소설의 주인공 그레고르 잠자는 어느 날 아침 눈을 떠 보니 자신이 흉측한 벌레가 되어 있는 것을 발견합니다. 시계를 보니 여섯 시 반. 돌아눕는 것조차 마음대로 안 되는 처지이니 침대에 누워서 이런저런 생각에 잠겨 있을 때, 가족들이 문을 두들깁니다. 지각한 그를 찾아온 지배인까지 해고를 들먹이며 문을 두들기죠. 결국 그레고르는 힘겹게 몸을 움직여 문을 엽니다. 그리고 그날 이후로 그레고르는 세상에서 고립되지요. 충격을 받은 부모는 아들을 보려고도 하지 않고, 처음엔 오빠를 돌봐 주었던 여동생 그레테도 점점 애정을 잃습니다. 그레고르의 방은 창고에 가까워지죠. 그렇게 시간이 흘러 마침내 그레테마저 저건 없어져야 한다고 말합니다. 저 벌레가 그레고르라는 생각을 버려야 한다고 말이지요. 그렇지 않아도 상처 입은 등에(아버지가 던진 사과가 등에 박혀서 생긴 상처입니다.) 쇠약해진 몸, 고독까지 견디지 못한 그레고르는 죽음을 맞습니다. 그 사체를 가정부가 버리고 나자 가족들은 휴가가 필요하다고 생각하며 나들이를 떠나지요.

그야말로 당혹스러운 이야기지요? 카프카는 왜 이런 황당한 이야기를 썼을까요? 하지만 곰곰이 생각해 보면, 황당한 이야기라고만 치부할 수 있는 건지 의문이 듭니다. 물론 현실에서는 사람이 벌레가 되는 일이 일어나지 않습니다. 하지만 사람이 벌레 취급을 당하는 일은 있습니다. 누구의 관심도 받지 못하고 세상으로부터 고립된 채 죽을 것 같은 불안과 절망을 견디며 살아가는 사람들이 있고, 우리 모두는 이런 감정을 이해할 수 있습니다. 객관적 현실에서는 불가능한 일이라도, 주관적이고 감정적인 차원에서는 너무도 진실일 수 있는 것이지요.

문학은 이 진실에 관심이 있고, 진실에 닿기 위해 상상력을 동원합니다. 이런 맥락에서 카프카의 「변신」은 단순히 기발하고 황당한 이야기가 아닙니다. 절망적인 고독 속에 죽어가는 존재의 내면을 그리면서, 그러한 존재를 가차 없이 내버리는 비정한 세상을 고발하는 작품인 것이지요.

거짓말을 타전하다

안현미

여상을 졸업하고 더듬이가 긴 곤충들과 아현동 산동네에서 살았다 고아는 아니었지만 고아 같았다 사무원으로 산다는 건 한 달 치의 방과 한 달치의 쌀이었다 그렇게 꽃다운 청춘을 팔면서 살았다 꽃다운 청춘을 팔면서도 슬프지 않았다 가끔 대학생이 된 친구들을 만나면 말을 더듬었지만 등록금이 없어 학교에 가지 못하던 날들은 이미 과거였다 고아는 아니었지만 고아 같았다 비키니 옷장 속에서 더듬이가 긴 곤충들이 출몰할 때도 말을 더듬었다 우우, 우, 우 일

요일엔 산 아래 아현동 시장에서 혼자 순대국밥을 먹었다 순대국밥
아주머니는 왜 혼자냐고 한 번도 묻지 않았다 그래서 고마웠다 고아
는 아니었지만 고아 같았다

　여상을 졸업하고 높은 빌딩으로 출근했지만 높은 건 내가 아니었
다 높은 건 내가 아니라는 걸 깨닫는 데 꽃다운 청춘을 바쳤다 억울
하진 않았다 불 꺼진 방에서 더듬이가 긴 곤충들이 나 대신 잘 살고
있었다 빛을 싫어하는 것 빼곤 더듬이가 긴 곤충들은 나와 비슷했다
가족은 아니었지만 가족 같았다 불 꺼진 방 번개탄을 피울 때마다
눈이 시렸다 가끔 70년대처럼 연탄가스 중독으로 죽고 싶었지만
더듬더듬 더듬이가 긴 곤충들이 내 이마를 더듬었다 우우, 우, 우 가
족은 아니었지만 가족 같았다 꽃다운 청춘이었지만 벌레 같았다 벌
레가 된 사내를 아현동 헌책방에서 만난 건 생의 꼭 한 번은 있다는
행운 같았다 그 후로 나는 더듬이가 긴 곤충들과 진짜 가족이 되었
다 꽃다운 청춘을 바쳐 벌레가 되었다 불 꺼진 방에서 우우, 우, 우
거짓말을 타전하기 시작했다 더듬더듬, 거짓말 같은 시를!

　이 시를 읽으면 먼저 눈에 띄는 것이 있습니다. 화자가 "고
아는 아니었지만 고아 같았다"는 말을 세 번이나 반복한다는
것이지요. 그만큼 고독하게 살아가고 있습니다. 고독할 뿐 아
니라 궁핍하기 짝이 없는 생활입니다. 그러다 "가족은 아니
었지만 가족 같"(이 말도 두 번 반복됩니다.)은 존재를 만나니, 바
로 "더듬이가 긴 곤충들"입니다. 처음에는 가족 같다는 기분

에 머물렀지만 '나'는 어느새 그들과 "진짜 가족"이 되고, 급기야 '벌레'가 되기에 이릅니다. 「변신」과 비슷한 설정이지요. 그렇지만 결말은 다릅니다. 「변신」의 그레고르는 비참한 죽음을 맞지만, 이 시의 화자는 죽지 않고 거짓말을 세상에 내보내기 시작하지요. 그 거짓말이란 다름 아닌 시입니다.

모든 시는 경험과 상상으로 이루어져 있다고 해도 과언이 아닙니다. 삶의 구체적 경험을 바탕에 두지만 거기서 그치지 않고 상상력을 동원해 경험을 뛰어넘습니다. 그리하여 세상을 새롭고 낯설게 볼 수 있게 해 주지요. 시를 읽는 독자는 시인의 상상력 덕분에 익숙한 것을 낯설게 보면서 세상을 새롭게 느끼고 현실 뒤에 가려진 진실을 볼 수 있게 되는 겁니다.

동짓달 기나긴 밤을

황진이

동짓달 기나긴 밤을 한 허리를 베어 내어
춘풍 이불 아래에 서리서리 넣었다가
어론님 오신 날 밤에 굽이굽이 펴리라

조선 시대 유명한 기생이자 예술인이었던 황진이의 시조입니다. 시간은 철학에서나 물리학에서나 가장 난제로 꼽히는 관념입니다. 대체 시간을 어떻게 정의할 수 있을까요. 그

런데 지금으로부터 500년 전에 살았던 여인의 저 거침없는 상상력을 보세요. 1년 중 밤이 가장 긴 동짓달에 시간을 똑 베어 이불 아래에 차곡차곡 넣어 두었다가 어론님(사랑하는 님) 오시는 날 밤에 펼쳐 놓겠다잖아요. 에로틱하면서도 뭔가 SF적인 상상력 아닌가요? 하하.

이야기를 시작할 때 한 과학고 학생의 문제 제기를 소개했죠. 흔히 시적 상상력과 과학적 사고를 대립적인 것으로 이해하지만, 저는 둘을 반대편에 두는 것은 잘못되었다고 생각해요. 시적 상상력의 반대말은 과학적 사고가 아닙니다. 시적 상상력과 대립하는 것은 다름 아닌 편협하고 경직된 사고예요. 앞에서 시적 발상은 관습적 사고를 탈피한다고 했죠? 이 역시 비슷한 맥락에서 이해할 수 있습니다. 그저 남들이 보는 대로, 세상이 주입하는 대로, 아무런 고민도 의심도 하지 않는 상태가 시적 상상력과 가장 거리가 먼 것입니다.

과학적 사고와 시적 상상력이 대립하는 것이 아니라는 사실은 SF 소설이나 영화만 봐도 알 수 있지요. 잘 만들어진 SF는 탄탄한 과학적 지식과 놀라운 시적 상상력이 결합해 만들어진 결과물이니까요. 물론 SF 말고도 여러 사례를 찾을 수 있어요. 지금부터 흥미로운 예를 하나 들어 볼게요.

밤하늘은 왜 까맣게 보일까?

'어두운 밤하늘의 수수께끼'라 불리는 이 질문이 꽤 오랫동안 천문학자들을 괴롭혀 왔다는 사실을 알고 있나요? '그럼 밤하늘이 당연히 어둡지 환하냐?'라고 넘겨 버리기에는 이 질문이 갖는 의미가 꽤 심오하답니다. 어두운 밤하늘은 '무한하고 정적인 우주'라는 기존의 우주관과 모순되기 때문이죠. 우주가 무한하게 크고 균일하다면 어느 방향을 바라보든 그곳에는 무한히 많은 별이 있어서 밤하늘은 빛으로 가득 차 있어야 합니다. 그런데 우리 눈에 보이는 밤하늘은 어찌하여 빛이 아닌 어둠으로 가득 차 있을까요. 이 문제는 수백 년 동안 지독한 수수께끼로 남아 있었습니다.

이 수수께끼를 풀기 위해 여러 주장이 제기됐지만, 수긍할 만한 답은 나타나지 않았어요. 가스나 먼지 같은 것들이 별빛을 차단하고 있기 때문이라는 주장: 우주 공간이 먼지와 가스로 채워져 있다면, 오랜 세월 빛에 노출된 가스나 먼지도 빛나야 할 것이므로 탈락. 멀리 있는 별일수록 빛이 희미해지기 때문이라는 주장: 거리가 멀어질수록 별 또한 많아질 것이므로 탈락. 그리하여 위대한 천문학자 케플러조차 이 문제로 골머리를 앓다가 결국엔 우주가 유한하다는 속 편한 결론을 내리고 대충 뭉갰다고 해요.

그런데 이 수수께끼를 풀 결정적 실마리를 던진 사람은 놀랍게도 미국 시인이자 추리소설의 창시자, 에드거 앨런 포였죠. 그는 죽기 직전에 출간한 『유레카』라는 산문시집에서 "광활한 우주 공간에 별이 존재할 수 없는 공간이 따로 있을 수는 없으므로, 우주 공간 대부분이 비어 있는 것처럼 보이는 것은 천체로부터 방출된 빛이 우리에게 도달하지 않았기 때문이다."라고 주장했어요. 이 주장은 훗날 영국 물리학자 켈빈 경에 의해 논리적으로 입증됐고, 허블 우주망원경에 포착된 사진으로 증명됐습니다. 천문학자도 아닌 포가 어떻게 그런 아이디어를 떠올릴 수 있었을까요. 과학적 지식과 시적 직관을 모두 갖고 있었던 덕분이 아닐까요?

"인간이 겪을 수 있는 경험 중 가장 아름다운 것은 '신비'다. 신비는 예술과 과학의 근본을 이루는 진정한 모태이다. 이 사실을 깨닫지 못하고 확실한 길만 추구하는 과학자는 결코 우주를 맑은 눈으로 바라볼 수 없다."

그렇다면 이 말을 한 사람은 누구일까요? 바로 그 유명한 아인슈타인입니다. 그가 예술과 과학을 동일선상에 놓고 신비로 둘을 잇듯이, '어두운 밤하늘의 수수께끼' 말고도 위대한 과학적 발견에는 탄탄한 지식과 엄정한 실험 못지않게 시적 직관과 상상력이 결정적 역할을 한 경우가 꽤 있답니다. 참고로 포는 자신이 제시한 아이디어에 이런 말을 덧붙였다고 해요.

"너무도 아름답기 때문에 틀렸을 리가 없다."

참으로 과감하고도 자신만만한 예술가의 직관이지요?

세련된 언어를
구사하기 위해

시를 '예쁘고 고운 말을 행갈이, 연갈이 해서 쓴 글'로 보는 시각이 있습니다. 감성적이고 낭만적인 분위기에 독자에게 따뜻한 위로를 건네는 글을 '시적'이라고 받아들이는 통념이 있고요.

결론부터 말하자면 이는 시를 크게 오해하는 것입니다. 시는 아름다움을 추구하는 언어예술입니다만, 중요한 사실은 이 아름다움이 단순히 '보기에 예쁜 것'을 의미하는 게 아니라는 거예요. 아름다움은 그렇게 얕고 단순한 개념이 아니거든요. 시의 아름다움은 앞에서 이야기한 시적 상상력과 밀접하게 연결되어 있습니다. 시적 상상력을 가장 알맞은 언어로 담아낸 것을 좋은 시라고 하고요. 예쁜 말을 얼기설기 엮는 것이 아니라, 복잡하고 모순적인 감정이나 번뜩이는 직관과 통찰을 참신하고 세련된 언어로 풀어내는 것이 시적 표현의 본질입니다. 그렇기에 어떤 시는 따뜻한 위로가 아니라 오히려 불쾌함과 충격을 줄 수도 있어요. 그 불쾌함과 충격이 시인의 상상력을 가장 알맞게 표현하는 과정에서 만들어진 것이라면 말이지요.

일찍이 나는

최승자

일찍이 나는 아무것도 아니었다.
마른 빵에 핀 곰팡이
벽에다 누고 또 눈 지린 오줌 자국
아직도 구더기에 뒤덮인 천 년 전에 죽은 시체.

아무 부모도 나를 키워 주지 않았다
쥐구멍에서 잠들고 벼룩의 간을 내먹고
아무 데서나 하염없이 죽어 가면서
일찍이 나는 아무것도 아니었다

떨어지는 유성처럼 우리가
잠시 스쳐 갈 때 그러므로,
나를 안다고 말하지 말라.
나는너를모른다 나는너를모른다.

너당신그대, 행복
너, 당신, 그대, 사랑

내가 살아 있다는 것,
그것은 영원한 루머에 지나지 않는다.

"너는 소중해. 누가 뭐라 해도 너는 가치 있는 사람이야."
여러분은 이런 말을 들으면 어떤 느낌을 받나요? 힘들 때 누군가가 진심을 다해서 이런 말을 해 주면 참 고맙고 위로가 되겠죠. 듣는 사람의 자존감을 살려 주려는 마음이 담긴 말이기도 하니까요. 그런데요, 저는 이 시대를 살아가는 많은 사람들이 자존감을 만능 해법처럼 여기는 게 아닌가 싶어 걱정스러울 때가 있어요. 정말 자존감만 있으면 모든 일이 해결되나요? 자존감만 있으면 성적도 오르고 원하는 대학도 들어가고 친구들에게 인기도 얻고 살도 빠지고 못 할 일이 없게 되나요? 자존감이 중요하지 않다는 게 아니에요. 자존감이 너무 과대 평가되어 있다는 거예요.
이 시 전반에 흐르는 분위기는 자존감과 완전히 반대편에 있어요. 화자는 태어날 때부터 현재에 이르기까지 자신의 전 생애를 비관하고 있어요. 그런 비관은 "나는 아무것도 아니었다."라는 말을 시작으로 곰팡이, 오줌 자국, 심지어 "아직도 구더기에 뒤덮인 천 년 전에 죽은 시체." 등으로 표현되죠. 비

참하다 못해 절망적이기까지 한 자기 인식입니다. 이런 지경이니 진정한 이해와 사랑이 가능할 리 없지요. 사람들은 "떨어지는 유성처럼" 그저 스쳐 지나갈 뿐입니다. 그렇다면 삶은 무엇일까요. "영원한 루머", 즉 아무런 실체가 없는 소문 같은 것이에요.

저는 이 시를 고등학생 때 처음 읽었는데 읽자마자 홀딱 반했어요. 어떻게 들릴지 모르겠지만 이 시에서 절망 뒤에 감춰진 커다란 열망이 느껴졌거든요. 강한 부정은 강한 긍정이라는 말이 있지요. 사랑의 반대는 증오가 아니라 무관심이듯, 무언가를 강하게 부정하는 것은 그것에 대한 애정과 관심과 기대를 도저히 끊을 수 없기 때문이 아닐까요. 시인이 정말로 자신을 포함한 이 세계의 모든 것을 부정했다면 시를 쓰지도 않았겠지요. 부정과 절망으로 가득 찬 시를 썼다는 건 이 세상에 대한 희망을 끝내 놓을 수 없었기 때문이라고 생각해요.

그렇기에 이 시를 반복해서 읽다 보면 아이러니하게도 "나는 아무것도 아니었다."에서는 '나도 무엇인가가 되고 싶다.'는 욕망이, 띄어쓰기도 하지 않고 급박하게 내뱉는 "나는 너를모른다."에서는 '나는 너를 알고 싶다.'는 열망이 느껴져요. 고등학생이었던 저에게 이 시는 '다 잘될 거야.' 같은 막연한 말들보다 더 큰 위로를 주었어요. 절망을 숨기지 않고 고스란히 내놓는 태도가 정직하게 느껴졌고, 절망을 절망적으로 표현하는 방식이 세련되고 신선하게 다가왔어요. 고등학생이 이런 시에 반한다고 해서 절대 잘못되지 않는답니다. 저를 보세요. 무사히 어른이 되었고 이렇게 책도 쓰고 있잖아요. 하하.

약간 어두운 작품을 읽었으니 이제 좀 따뜻한 시를 읽어볼까요?

그래도라는 섬이 있다

김승희

가장 낮은 곳에
젖은 낙엽보다 더 낮은 곳에
그래도라는 섬이 있다
그래도 살아가는 사람들
그래도 사랑의 불을 꺼트리지 않는 사람들

세상에서 가장 아름다운 섬, 그래도.
어떤 일이 있더라도
목숨을 끊지 말고 살아야 한다고

(…)

부도가 나서 길거리로 쫓겨나고

인기 여배우가 골방에서 목을 메고

뇌출혈로 쓰러져

말 한마디 못 해도 가족을 만나면 반가운 마음,

중환자실 환자 옆에서도

힘을 내어 웃으며 살아가는 가족들의 마음속

그런 사람들이 모여 사는 섬, 그래도

그런 마음들이 모여 사는 섬, 그래도

(…)

그래도라는 섬에서

그래도 부둥켜안고

그래도 손만 놓지 않는다면

언젠가 강을 다 건너 빛의 뗏목에 올라서리라

어디엔가 근심 걱정 다 내려놓은 평화로운

그래도 거기에서 만날 수 있으리라

굳이 해설할 필요도 없이 쉽게 읽히는 시입니다. 이 정도면 기발한 제목 하나만으로도 빛나는 시가 아닐까요? '그래도'는 우리가 일상에서 매우 흔하게 사용하는 접속사지요. 시인은 이런 흔한 접속사에 붙어 있는 '도' 음절을 섬을 뜻하는

도島로 전환하는 언어유희를 통해 독자에게 위로를 전합니다. 살다 보면 절망의 끝에 선 기분을 느낄 때가 있어요. '그래도' 희망을 놓지 않는 사람들이 있지요. 살다 보면 믿었던 사람에게 배신당하는 고통을 겪을 수도 있어요. '그래도' 끝까지 나를 믿어 주고 사랑해 주는 사람들이 있어서 견딜 수 있지요.

보다시피 「일찍이 나는」과 「그래도라는 섬이 있다」는 시적 분위기나 독자에게 전달하는 정서가 많이 다릅니다. 전자가 충격을, 충격으로 인한 신선함을 주는 시라면 후자는 따뜻한 위로와 응원을 건네는 시죠.

이렇듯 시가 독자에게 불러일으키는 정서는 다양할 수 있어요. 다만 그 정서를 상투적이지 않은 언어로 얼마나 공감할 수 있게 표현하느냐가 중요한 문제랍니다.

3

어떻게 하면
시를
잘
읽을까

제목
시가 말하고자 하는 바

시를 잘 읽고 싶다고 했더니 고작 '제목을 대충 보면 안 된다.'는 내용인 것 같아서 실망했나요? 제목을 대충 보는 사람이 누가 있을까 싶겠지만 의외로 많습니다. 제목의 글자를 읽지 않는다는 말이 아니에요. 제목을 특별히 눈여겨보지 않거나 제목의 의미를 깊이 생각하지 않은 채 시를 읽는 경우를 말하는 겁니다. 물론 제목이 큰 역할을 하지 않는 시도 있지만, 어떤 시는 제목이 시가 말하고자 하는 바를 규정하곤 해요. 나아가 제목 자체가 작품인 시도 있고, 시가 아닌 것이 제목 때문에 시가 되기도 하지요. 제목만 제대로 이해하면 시 전체를 이해할 수 있다는 말입니다.

그럼 여기서 퀴즈. 다음에 제시되는 시 네 편의 제목을 맞춰 보세요.

(가)

칼은 연필을 깎아 놓지만

연필은

자꾸 부러진다

(나)

　바다가 가까워지자 어린 강물은 엄마 손을 더욱 꼭 그러쥔 채 놓지 않았습니다. 그러다가 그만 거대한 파도의 뱃속으로 뛰어드는 꿈을 꾸다 엄마 손을 아득히 놓치고 말았습니다. 그래 잘 가거라 내 아들아. 이제부터는 크고 다른 삶을 살아야 된단다. 엄마 강물은 새벽 강에 시린 몸을 한번 뒤채고는 오리처럼 곧 순한 머리를 돌려 반짝이는 은어들의 길을 따라 산골로 조용히 돌아왔습니다.

(다)

늘

강아지 만지고

손을 씻었다

내일부터는

손을 씻고

강아지를 만져야지

(라)

기다리지 않아도 오고

기다림마저 잃었을 때에도 너는 온다.

어디 뻘밭 구석이거나

썩은 물웅덩이 같은 데를 기웃거리다가

한눈 좀 팔고, 싸움도 한판 하고,

지쳐 나자빠져 있다가

다급한 사연 듣고 달려간 바람이

흔들어 깨우면

눈 부비며 너는 더디게 온다.

더디게 더디게 마침내 올 것이 온다.

너를 보면 눈부셔

일어나 맞이할 수가 없다.

입을 열어 외치지만 소리는 굳어

나는 아무것도 미리 알릴 수가 없다.

가까스로 두 팔을 벌려 껴안아 보는

너, 먼 데서 이기고 돌아온 사람아.

(가)의 제목은 뭘까요? 연필? 연필과 칼? 정답은 김현서 시인의 「엄마와 나」입니다. 만일 이 시의 제목이 연필이나 연필과 칼이었다면 (가)는 사실상 시라고 보기 어려워요. 당연한 사실을 늘어놓은 평서문에 가깝죠. 그렇지만 기가 막힌 제

목 덕분에 시가 됐고, 시로 읽힙니다.

그렇다면 (나)의 제목은 뭘까요? 강물? 이별? 정답은 이시영 시인의 「성장」입니다. 만일 이 시의 제목이 강물이나 이별이었다 해도 (나)는 시였겠지만 이토록 깊은 울림을 주는 작품은 되지 못했을 거예요. 저는 엄마라 그런지 이 시를 읽을 때마다 눈물이 납니다. "우리가 헤어지는 것은 역경 때문이 아니라 성장했기 때문이다."라는 파블로 네루다의 말이 떠오르기도 하고요.

(다)의 제목을 한 번에 알아맞히는 사람은 제가 문학 영재로 인정합니다! 하하. 이 시는 함민복 시인의 「반성」입니다. '나는 깨끗한데 다른 것들이 더러워서 문제다.' '나는 언제나 옳아. 틀린 건 다른 사람들이지.' 같은 사고방식에서 완전히 자유로운 사람이 과연 얼마나 될까요? 이 시는 군더더기 하나 없는 간결한 언어로 이러한 인간의 자기중심성과 이기심을 '반성'하게 만듭니다. 쉬운 단어로 이루어진 동시임에도 묵직한 철학적 메시지를 던져 주지요.

(라)는 교과서에도 자주 실린 시입니다. 제목은 바로 「봄」. 이 시를 지은 이성부 시인은 봄을 "먼 데서 이기고 돌아온 사람"이라는 탁월한 비유로 표현했습니다. 여기서 봄은 사계절 중 하나일 수도 있지만 이 시가 쓰인 1970년대 중반의 정치적 상황을 고려한다면 민주주의를 의미한다고 볼 수도 있겠지요. 그럼 이런 시는 어떤가요.

묵념, 5분 27초

황지우

이 여백은 인쇄가 잘못된 게 아니에요. 이 시는 원래 이렇게 비어 있어요. 제목만 적혀 있는 채로요. 내용도 없는데 어떻게 시가 될 수 있냐고요? 제목 덕분입니다. 묵념할 때는 눈을 감고 고개를 숙일 뿐 말을 하지 않잖아요.

그런데 묵념이라는 단어보다 더 중요한 건 '5분 27초'입니다. 묵념을 5분 27초나 하는 건 누가 봐도 이상하잖아요. 묵념은 대개 몇 초 정도만 하고 끝내니까요. 5분 27초는 바로 1980년 5월 27일을 암시합니다. 광주에서 계엄군이 전남도청에 마지막까지 남아 있던 시민군을 사살해 5·18 민주화 운동이 종결된 날이 1980년 5월 27일입니다. 시집이 출간된 당시엔 이 참혹한 비극을 입에 올릴 수조차 없는 상황이었지요. 황지우 시인은 엄청난 분노와 고통과 치욕스러움을 '말하지 않음'으로써 표현한 것입니다.

자, 여기까지는 가벼운 준비 운동입니다. 이제 시를 잘 읽기 위한 방법을 본격적으로 살펴볼까요?

주제
시는 논설문이 아니다

무언가를 주장하는 글은 반드시 글쓴이가 말하고자 하는 메시지, 즉 주제가 있어야 합니다. 주제가 정확한 언어로 서술되어야 하고요. 반면에 문학, 그중에서도 시는 그렇지 않습니다. 시는 논설문이 아니니까요. 물론 시인이 세상에 던지고자 하는 메시지를 구체적이고 분명한 언어로 표현한 시도 많습니다만, 그렇지 않은 시도 많아요. 특별히 주제가 없는 시에서 주제를 찾는 일은 무의미하겠지요. 그러니 일단 '메시지 집착' 혹은 '주제 찾기 강박'을 버린 다음, 시를 시 자체로 받아들이면 됩니다. 색채와 형태만으로 구성된 그림 같은 시도 있고 별다른 의미 없는 소리를 나열하는 노래 같은 시도 있어요. 그런 시는 그냥 시에 제시된 이미지를 머릿속에 그려보고 소리를 재밌게 즐기면서 말놀이의 쾌감을 느끼면 된답니다.

샤갈의 마을에 내리는 눈

김춘수

샤갈의 마을에는 삼월에 눈이 온다.
봄을 바라고 섰는 사나이의 관자놀이에
새로 돋은 정맥이
바르르 떤다.
바르르 떠는 사나이의 관자놀이에
새로 돋은 정맥을 어루만지며
눈은 수천수만의 날개를 달고
하늘에서 내려와 샤갈의 마을의
지붕과 굴뚝을 덮는다.
삼월에 눈이 오면
샤갈의 마을의 쥐똥만 한 겨울 열매들은
다시 올리브빛으로 물이 들고
밤에 아낙들은
그해의 제일 아름다운 불을
아궁이에 지핀다.

　　시인이 정확히 무슨 말을 하고 싶은지 잘은 모르겠지만,
샤갈의 그림처럼 뭔가 몽환적인 느낌이 들지 않나요? 맞아
요, 샤갈은 허공에 둥둥 뜬 두 사람이 입맞춤하는 그림 〈키

스)로 유명한 화가예요. 나는 듯한 기쁨, 사랑, 황홀경 등이 녹아 있는 그림이죠.

이 샤갈의 마을에는 3월에 눈이 오는데, 눈의 이미지가 사나이의 푸른 정맥으로, 올리브빛 겨울 열매들로, 아궁이의 불로 연결됩니다. 배경은 차가운데 이미지는 따뜻한 환상적인 분위기죠. 이 분위기를 느꼈다면 일단 성공한 겁니다. 어렵게 생각할 것 없이, 시가 묘사하는 풍경에 집중해 보는 거예요. 그림을 감상하듯이 말이지요.

시인은 이 시를 창작한 배경과 의도를 이렇게 말한 바 있습니다. "나는 반쯤 졸음에 취한 기분으로 언젠가 본 샤갈의 「마을」이라는 화제의 그림을 생각하고 있었다. 그러다 내 머릿속을 한순간 '샤갈의 마을'이라고 하는 하나의 이미지가 스쳐 갔다. (…)「마을」에서 특히 인상 깊었던 곳은, 커다란 당나귀의 눈망울이었고 그 당나귀의 눈망울 속에 들어앉아 있는 마을이었다. 그리고 그 환상적인 색채가 또한 인상적이었다." (서정주 외, 『시와 시인의 말』, 창우사, 1986.)

위 시가 시인이 그림을 보고 연상한 이미지를 언어화한 작품이라면, 아예 언어로 그림을 그린 작품을 읽어 볼까요?

마르크 샤갈, 〈나와 마을〉(1911).

뎃상

1
향료를 뿌린 곱단한 노을 위에
전신주 하나하나 기울어지고

먼― 고가선 위에 밤이 켜진다

2
구름은
보랏빛 색지 위에
마구 칠한 한 다발 장미

목장의 깃발도, 능금나무도
부울면 꺼질 듯이 외로운 들길

제목부터가 '뎃상'(데생)인 작품이에요. 황혼 무렵의 풍경을 묘사한 시로, 마치 한 폭의 그림을 보는 듯한 느낌을 주지요. 노을과 어둠이 섞여 하늘은 보랏빛이 되고, "구름은/보랏빛 색지 위에/마구 칠한 한 다발 장미"가 됩니다. 1930년대에 발표된 작품인데도 꽤나 감각적인 묘사로 느껴지지요?

우포늪

김바다

안개에 덮인
우포늪은
새들의 세상이다

우웩웩웩 우웩웩웩
궤궤궤궤 궤궤궤궤
깨깩깨깩 깨깩깨깩
푸드덕푸드덕푸드덕
애액애액애액애액애액
에엑우웩에엑우웩에엑
액액액액액액액액액
깍악악악깍깍악악악깍
뜌두뜌두뜌두뜌두
삐약삐약삐약삐약삐약
까르까르까르까르까르
우두우두우두우두우두
꿩어억꿩어억꿩어억.

그림 같은 시를 봤으니, 이번에는 노래 같은 시입니다. 우포늪은 경남 창녕군에 있는 우리나라 최대의 자연 늪이에요. 여러분은 혹시 가 봤나요? 저는 아직 못 가 봤는데, 조만간 꼭 가 보고 싶은 곳이에요. 이곳에는 다양한 생물이 서식하고 있다고 해요. 특히 호주와 러시아를 오가는 철새들이 무려 3만 마리나 이곳에 터를 잡고 한 계절을 지낸다니, 놀랍지 않나요? 이토록 많은 새가 있는 곳에 안개가 뿌옇게 끼었으니 어떻겠어요? 온갖 새의 울음소리만 들려오는 거죠. 이 시는 다양한 새의 울음소리를 의성어로 담아 우포늪을 그려 내고 있어요.

　여러분도 해 보세요, 매미채나 잠자리채로 재미있는 소리를 잡아서 채집통에 잘 담아 오는 거죠. 그래도 그렇지, 시가 뭐 이렇냐고요? 이런 시도 있답니다. 재밌잖아요!

긴장
언어가 만들어 내는 장치

시와 시가 아닌 것을 구별하기는 쉽지 않은 문제예요. 경계도, 기준도 확실하지 않으니까요. 연을 구분하고 행갈이를 하면 시가 될 것 같지만 '산문시'라는 것도 있죠. 그렇다면 산문시와 그냥 산문은 어떻게 구분할 수 있을까요.

혹시 '시적 긴장'이라는 말을 들어 보았나요? 문학비평 용어인데 수능에도 자주 나오는 말이에요. 결론부터 말하면 '시적 긴장'이 느껴지느냐 그렇지 않느냐에 따라 시와 시 아닌 것, 혹은 좋은 시와 그렇지 않은 시가 결정된다고 해도 과언이 아니에요. 행갈이가 되어 있다 하더라도 시에서 아무런 언어적 긴장이 느껴지지 않는다면, 언어가 흐물흐물 풀어져 있어서 읽어도 아무런 자극을 받지 않는다면, 엄밀히 말해 시라고 하기 어려워요.

시적 긴장에 대해 설명하기 전에 먼저 오해하지 말아야 할 것! 시에서의 '긴장tension'은 우리가 일상에서 느끼는 긴장감('내일 시험이라 너무너무 긴장돼!')이 아니에요. 그렇다고 소설이나 드라마, 영화 등을 보면서 느끼는 서사적 긴장 혹은 극적 긴장도 아니에요. 좀비 떼에 쫓기던 주인공이 막다른 길에 다다를 때나 주인공이 온갖 역경을 딛고 결승전에 오를 때, 우리는 긴장감을 느낍니다. 웬만해서는 주인공이 죽지 않는다는 사실을 알면서도 좀비에게 목덜미를 물어뜯길까 봐 불안해하고, 막다른 길을 어떻게 벗어날지 궁금해하고, 이후 전개될 이야기에 대한 흥미를 느끼죠.

하지만 시는 어떤가요? 주인공 대신 화자가 있고, 이 화자는 좀비 떼에 쫓기거나 역경을 딛고 결승전에 오르는 등 기승전결 구조를 거치지 않습니다. 그런 시가 있을 수도 있지만, 중요한 것은 시적 긴장이 서사 문학과는 다른 방식으로 만들어진다는 거예요. 시적 긴장은 시 속에 독자를 긴장하게 만드는 요소가 언어적으로 표현되어 있을 때 만들어집니다. 'tension'을 긴장이라고 옮기기는 하지만 제가 생각하기에는 '주의, 집중' 정도가 더 적절한 말 같아요. 시를 읽다 보면 잠시 멈춰서 '어? 이게 뭐지?' 집중하게 되고 관심이 가는 표현이 있거든요. 가령 사전적 의미와는 다른 함축적 의미로 쓰였던 표현들을 떠올려 보세요. 그런 표현이 있는 시를 시적 긴장이 있는 작품이라고 합니다.

그렇다면 시적 긴장은 어떻게 만들어 낼까요? 굉장히 다양한 방식이 있어서 한 줄로 정리하기는 어려워요. 일단 하고 싶은 말을 적절하게 절제함으로써 그 절제가 의미의 풍부함을 가져올 때 시적 긴장이 살아 있다고 해요. 하고 싶은 말을 남김없이 하는 게 아니라 조금 숨겨서, 숨겨진 말을 독자가 생각해 보도록 절제한 거죠. 이렇게 하면 말들이 구구절절 설명을 늘어놓는 것이 아니라 힘껏 당겨진 활시위처럼 팽팽해지거든요. 설명이 좀 막연한가요? 예를 들어 볼게요.

눈 오는 지도(地圖)

윤동주

순이가 떠난다는 아침에 말 못 할 마음으로 함박눈이 내려, 슬픈 것처럼 창밖에 아득히 깔린 지도 위에 덮인다. 방 안을 돌아다 보아야 아무도 없다. 벽과 천장이 하얗다. 방 안에까지 눈이 내리는 것일까, 정말 너는 잃어버린 역사처럼 홀홀이 가는 것이냐, 떠나기 전에 일러둘 말이 있던 것을 편지를 써서도 네가 가는 곳을 몰라 어느 거리, 어느 마을, 어느 지붕 밑, 너는 내 마음속에만 남아 있는 것이냐, 네 조그만 발자욱을 눈이 자꾸 내려 덮여 따라갈 수도 없다. 눈이 녹으면 남은 발자욱 자리마다 꽃이 피리니 꽃 사이로 발자욱을 찾아 나서면 일 년 열두 달 하냥 내 마음에는 눈이 내리리라.

사랑의 이율배반

그대여
손을 흔들지 마라.

너는 눈부시지만
나는 눈물겹다.

떠나는 사람은 아무 때나
다시 돌아오면 그만이겠지만
남아 있는 사람은 무언가.
무작정 기다려야만 하는가.

기약도 없이 떠나려면
손을 흔들지 마라.

「눈 오는 지도」와 「사랑의 이율배반」에는 모두 '사랑하는
사람과의 이별'이라는 시적 상황이 펼쳐져 있습니다. 여러분
은 둘 중 어떤 시가 더 시적으로 느껴지나요? 저는 첫 번째
시가 훨씬 시적으로 다가와요. 두 번째 시는 연과 행을 나눠
서 썼지만 특별히 멈춰 세우는 문장이 없어서 산문처럼 쉽고

편안하게 읽히지요. 그런데 「눈 오는 지도」는 읽는 이가 의미를 채워 넣어야 해요. 왜 이 시의 화자는 이별을 "함박눈이 내려" "지도 위에 덮인다."는 말로 표현하는 것일까요.

생각해 보면 사랑하는 두 사람 사이에는 그들만의 고유한 영토가 생깁니다. 다른 사람에게는 보이지 않는 영토이지요. 그리고 고유의 영토가 생긴다는 건 고유의 지도도 갖게 된다는 의미입니다. 둘 말고는 누구도 가질 수 없고 해독할 수 없는 지도, 이 지도만 있으면 길을 잃지 않고 언제든 사랑하는 이의 마음으로 갈 수 있습니다. 이별이란 이 영토가 소멸하고 지도를 분실하는 것과 다름없는 일이지요.

순이가 떠난다는 아침, 함박눈이 내려 지도를 덮어 버립니다. 눈 때문에 지도를 해독할 수 없어요. 편지를 써도 수신인의 주소를 모르기에 닿지 않습니다. 순이가 있었다면 함박눈이 참으로 포근하고 낭만적으로 느껴졌을 텐데, 그녀 없는 세상에서 눈은 차갑고 잔인한 장애물일 뿐입니다. 눈 때문에 흡사 백색 실명이라도 된 것처럼 벽과 천장까지 온통 하얗게 보입니다.

시는 구구절절 설명해서 의미를 확정하고 닫아 버리기보다는 독자가 상상하고 궁리할 공간을 열어 놓음으로써 의미를 확장하려고 해요. 소설에서 열린 결말이 그러하듯이, 이런 확장 때문에 시가 모호하게 읽힐 때도 있지만 잘 쓰인 시는 이 모호함을 통해 시적 긴장을 만들어 내고, 또 이 긴장으로 인해 시는 언어를 탄력적이고 풍부하게 운용하는 예술작품이 됩니다.

이러한 절제 말고도 단어의 의미를 새롭게 규정하는 방식으로도 시적 긴장을 불러일으킬 수 있어요.

슬픔이 기쁨에게

정호승

나는 이제 너에게도 슬픔을 주겠다.

사랑보다 소중한 슬픔을 주겠다.

겨울밤 거리에서 귤 몇개 놓고

살아온 추위와 떨고 있는 할머니에게

귤값을 깎으면서 기뻐하던 너를 위하여

나는 슬픔의 평등한 얼굴을 보여주겠다.

내가 어둠속에서 너를 부를 때

단 한번도 평등하게 웃어주질 않은

가마니에 덮인 동사자가 다시 얼어 죽을 때

가마니 한장조차 덮어주지 않은

무관심한 너의 사랑을 위해

흘릴 줄 모르는 너의 눈물을 위해

나는 이제 너에게도 기다림을 주겠다.

이 세상에 내리던 함박눈을 멈추겠다.

보리밭에 내리던 봄눈들을 데리고
추워 떠는 사람들의 슬픔에게 다녀와서
눈 그친 눈길을 너와 함께 걷겠다.
슬픔의 힘에 대한 이야기를 하며
기다림의 슬픔까지 걸어가겠다.

제목에 따라 읽는다면 이 시는 슬픔이 기쁨에게 하는 말로 이해해야 합니다. 즉 이 시의 화자인 '나'는 슬픔이고, 청자인 '너'는 기쁨이죠. 슬픔은 부정적 감정이고 기쁨은 긍정적 감정입니다. 이건 너무 당연해서(바로 이런 것이 '관습적 사고'입니다.) 우리는 달리 생각해 보지도 않죠.

그렇지만 이 시에서는 이러한 인식이 정면으로 뒤집히고 있어요. 기쁨은 "무관심한" 것, 슬픔은 "평등한 얼굴"을 가진 것이 되는 식으로요. 이 시에서는 슬픔과 기쁨이 개인의 사사로운 감정이 아닌 겁니다. 슬픔이 사회에서 소외된 이웃을 향한 안타까움과 연민이라면, 기쁨은 이웃에게는 무관심한 채 제 이익만을 추구하는 이기적인 태도라고 할 수 있습니다. 이 기쁨은 오로지 자신밖에는 모르기에 겨울밤 거리에서 귤을 파는 할머니가 어떤 처지인지에 대해서도, 왜 사람이 길거리에서 얼어 죽었는지에 대해서도 도통 무관심하지요. 이러한 기쁨에게 슬픔은 "사랑보다 소중한 슬픔"과 "기다림"을 주겠다고 말합니다. 슬픔이 사랑보다 소중할 수 있는 건 슬픔이 개인적인 사랑을 넘어선, 이 세상의 낮은 곳을 향한 더 큰 사랑이기 때문입니다. 그리고 이 큰 사랑에는 당연히 인내와 희생, 즉 기다림이 필요한 것이지요.

이 시는 상식과 통념에서 벗어나 누구나 알고 있는 슬픔과 기쁨이라는 감정에 완전히 새로운 의미를 부여함으로써 시적 긴장을 불러일으킵니다. 그리하여 독자로 하여금 자신이 어떤 사람인지를, 어떻게 살아야 하는지를 진지하게 돌아보게 만들죠.

시적 긴장은 대립적 이미지나 의미가 선명하게 부각될 때에도 만들어져요. 예를 들어 볼게요.

사랑

박노해

사랑은
슬픔, 가슴 미어지는 비애
사랑은 분노, 철저한 증오
사랑은 통곡, 피루성이의 몸부림
사랑은 갈라섬,
일치를 향한 확연한 갈라섬
사랑은 고통, 참혹한 고통
사랑은 실천, 구체적인 실천

사랑은 노동, 지루하고 괴로운 노동자의 길

사랑은 자기를 해체하는 것,

우리가 되어 역사 속에 녹아들어 소생하는 것

사랑은 잔인한 것, 냉혹한 결단

사랑은 투쟁, 무자비한 투쟁

사랑은 회오리,

온 바다와 산과 들과 하늘이 들고일어서

폭풍치고 번개치며 포효하여 피빛으로 새로이 나는 것

그리하여 마침내 사랑은

고요의 빛나는 바다

햇살 쏟아지는 파아란 하늘

이슬 머금은 푸른 대지 위에

생명 있는 모든 것들 하나이 되어

춤추며 노래하는 눈부신 새날의

위대한 잉태

이 시는 우리가 사랑에 대해 갖고 있는 고정관념을 부수고 있어요. 흔히 '좋은 게 좋은 거지.' 하며 덮어 주고 봐주는 태도, 맹목적으로 불타오르는 열정을 사랑이라고 생각하는데, 사랑은 그런 것이 아닙니다. 사랑은 슬픔이고 분노이고 증오이며 고통이며 투쟁입니다. 무엇을 위해? 진정한 사랑을 위해! 절망을 극복한 희망만이 진짜 희망이듯, 이 모든 증오와 분열을 이겨 낸 사랑만이 진짜 사랑임을 시인은 "사랑은 일치를 향한 확연한 갈라섬"이라는 역설적 표현으로 말하고 있어요. (덧붙이자면 반어와 역설은 시적 긴장을 높이는 또 다른 방식입니다. 뒤에서 좀 더 자세히 이야기할게요.)

한 가지만 더 설명하고 마무리할게요. 시적 긴장은 장면이나 흐름이 급격히 전환되거나 말투(어조)가 확 바뀔 때에도 높아집니다.

북어

최승호

밤의 식료품 가게
케케묵은 먼지 속에
죽어서 하루 더 손때 묻고
터무니 없이 하루 더 기다리는
북어들,
북어들의 일 개 분대가
나란히 꼬챙이에 꿰어져 있었다.
나는 죽음이 꿰뚫은 대가리를 말한 셈이다.
한 쾌의 혀가
자갈처럼 죄다 딱딱했다.
나는 말의 변비증을 앓는 사람들과

무덤 속의 벙어리를 말한 셈이다.

말라붙고 짜부라진 눈,

북어들의 빳빳한 지느러미.

막대기 같은 생각

빛나지 않는 막대기 같은 사람들이

가슴에 싱싱한 지느러미를 달고

헤엄쳐 갈 데 없는 사람들이

불쌍하다고 생각하는 순간,

느닷없이

북어들이 커다랗게 입을 벌리고

거봐, 너도 북어지 너도 북어지 너도 북어지

귀가 먹먹하도록 부르짖고 있었다.

　　이 시의 화자는 식료품 가게에 진열된 북어들을 관찰하다가 그 북어들에서 "말의 변비증을 앓는 사람들"과 "헤엄쳐 갈 데 없는 사람들"을 연상해요. 그러고는 그들을 불쌍하다고 생각하지요. 그런데 그 순간! 느닷없이 북어가 화자를 향해 "너도 북어지"라고 해요. '북어인 나랑 별다를 것 없이 자유롭지도 않고 생명력이 있지도 않은 주제에 지금 누굴 동정하고 있냐?'는 거죠. 화자가 북어를 일방적으로 관찰하는 것처럼 보였던 장면이 돌연 전환되면서 일종의 반전이 일어나는 셈입니다.

화자
고백일 수도, 허구일 수도

시에서 말하는 사람을 시적 화자라고 합니다. 그렇다면 시적 화자는 시인 자신일까요, 아닐까요. 정답은 없습니다. 시인일 수도, 아닐 수도 있어요. 시적 화자가 곧 시인이라고 생각하는 건 오랜 세월 '서정시=시인의 내면을 고백하는 장르'라고 봐 온 배경이 있기 때문이에요. 사실 서정시가 고백에 최적화된 장르이긴 합니다. 시인이 '나'라는 1인칭 대명사를 사용해 내밀한 자기 고백을 하는 장르가 서정시니까요. 물론 풍경 묘사나 현실 비판에 중점을 둔 시도 꾸준히 창작되어 왔지만 '시인의 내면 고백'이 시의 가장 두드러진 장르적 특징인 건 부정할 수 없습니다.

이런 특징을 잘 보여 주는 시를 읽어 볼까요.

참회록

윤동주

파란 녹이 낀 구리거울 속에
내 얼굴이 남아 있는 것은
어느 왕조의 유물이기에
이다지도 욕될까.

나는 나의 참회의 글을 한 줄에 줄이자.
- 만 이십사 년 일 개월을
무슨 기쁨을 바라 살아 왔던가.

내일이나 모레나 그 어느 즐거운 날에
나는 또 한 줄의 참회록을 써야 한다.
- 그때 그 젊은 나이에
왜 그런 부끄런 고백을 했던가.

밤이면 밤마다 나의 거울을
손바닥으로 발바닥으로 닦아 보자.

그러면 어느 운석 밑으로 홀로 걸어가는
슬픈 사람의 뒷모양이

거울 속에 나타나 온다.

　윤동주는 생전에 시를 발표한 적이 없습니다. 그가 세상을
떠난 뒤에야 육필 원고를 가족과 친구들이 시집으로 묶어 출
간하면서 알려지게 된 것이지요. 그는 시를 완성한 날짜를 함
께 적어 놓았는데, 「참회록」이 쓰인 건 1942년 1월 24일입니
다. 윤동주는 1917년 12월 30일에 태어났으니 "만 이십사 년
일 개월"이라는 구절은 전기적 사실과도 일치합니다. 『윤동
주 평전』에 따르면 시인은 이 작품을 쓰고 닷새 후인 1942년
1월 29일에 일본식 이름으로 바꿉니다. 당시 시인은 일본 유
학을 계획하고 있었는데, 일본 유학 허가를 받기 위해서는 반
드시 일본식 이름으로 바꿔야 했다고 해요. 그가 느꼈을 굴욕
감을 어렵지 않게 짐작할 수 있습니다.

　이러한 전기적 사실을 고려하면 1연의 "이다지도 욕될까."
라는 구절이 바로 이해되지요. 2연과 3연에서는 그러한 자신
에 대한 부끄러움을 드러내고 있고, 4연에서는 그렇게 부끄
러운 자신의 모습이나마 거울을 통해 제대로 보고 싶어 하는
처절하면서도 서글픈 마음을 고백하고 있습니다. 5연에서는
그렇게 해서 결국 보게 된 자신의 모습을 "어느 운석 밑으로
홀로 걸어가는/슬픈 사람의 뒷모양"이라는 쓸쓸하고 고립된
이미지로 표현하고 있어요.

쉽게 씌어진 시

윤동주

창밖에 밤비가 속살거려
육첩방(六疊房)은 남의 나라,

시인이란 슬픈 천명인 줄 알면서도
한 줄 시를 적어 볼까,

땀내와 사랑내 포근히 품긴
보내 주신 학비 봉투를 받아

대학 노트를 끼고
늙은 교수의 강의 들으러 간다.

생각해 보면 어린 때 동무를
하나, 둘, 죄다 잃어 버리고

나는 무얼 바라
나는 다만, 홀로 침전하는 것일까?

인생은 살기 어렵다는데

124

시가 이렇게 쉽게 씌어지는 것은
부끄러운 일이다.

육첩방은 남의 나라
창밖에 밤비가 속살거리는데,

등불을 밝혀 어둠을 조금 내몰고,
시대처럼 올 아침을 기다리는 최후의 나,

나는 나에게 작은 손을 내밀어
눈물과 위안으로 잡는 최초의 악수.

윤동주가 이 시를 완성한 건 1942년 6월 3일입니다. 당시 시인은 도쿄의 릿쿄 대학 영문과에 다니고 있었어요. "육첩방은 남의 나라"라는 표현이 시인의 상황을 압축해서 보여 줍니다. 고향을 떠나 남의 나라에서 공부하면서 오는 무력하고 외로운 심정도 표현되어 있고, 자신의 시 쓰기가 치열하지 못함을 부끄러워하는 마음도 드러나 있지요. 그런데 마지막 연은 앞에서 읽은 「참회록」보다 조금 밝은 분위기네요. 고립되고 분열되어 있던 자아를 화해시키고 있으니까요. "시대처럼 올 아침을 기다리는 최후의 나"는 시인이 끝까지 지키고 싶었던 자신의 모습이 아니었을까요.

시인과 시적 화자가 딱 붙어 있다시피 한 윤동주의 시를 읽어 봤으니 이번에는 좀 다른 성격의 시를 읽어 볼까요? 앞에서도 말했다시피 시적 화자는 시인 자신이 아니라 시를 위해 만들어 낸 완전히 허구의 인물일 수도 있어요.

남사당

노천명

나는 얼굴에 분칠을 하고
삼단 같은 머리를 땋아 내린 사나이

초립에 쾌자를 걸친 조라치들이
날라리를 부는 저녁이면
다홍치마를 두르고 나는 향단이가 된다
이리하여 장터 어느 넓은 마당을 빌려
램프 불을 돋운 포장 속에선
내 남성(男聲)이 십분 굴욕된다

산 넘어 지나온 저 동리엔
은반지를 사 주고 싶은
고운 처녀도 있었건만
다음 날이면 떠남을 짓는

처녀야!

나는 집시의 피였다

내일은 또 어느 동리로 들어간다냐

우리들의 소도구를 실은

노새의 뒤를 따라

산딸기의 이슬을 털며

길에 오르는 새벽은

구경꾼을 모으는 날라리 소리처럼

슬픔과 기쁨이 섞여 핀다

'남사당'은 일종의 민중 놀이 집단으로, 여기저기 떠돌아다니며 춤이나 노래, 연극, 곡예 등을 보여 주던 사람들입니다. 여기서 중요한 사실은 이 '남사당'이 남자들로만 구성된 집단이었다는 거예요. 바로 그래서 남男사당인 것이지요. (사당은 떠돌이 예인을 의미합니다.) 남자들로만 구성되어 있다 보니 여자 역할도 남자가 했고요. 그런데 이 시를 쓴 노천명 시인은 여성입니다. 여성 시인이 남사당을 화자로 '설정'하여 그의 애환을 노래한 것이지요.

이렇듯 시인이 허구의 시적 화자를 설정하는 것에 그치지 않고 시 전체를 한 편의 이야기로 만들 수도 있습니다.

접동새

김소월

접동

접동

아우래비 접동

진두강 가람가에 살던 누나는

진두강 앞 마을에

와서 웁니다

옛날, 우리나라

먼 뒤쪽의

진두강 가람가에 살던 누나는

의붓어미 시샘에 죽었습니다

누나라고 불러보랴

오오 불설워[*]

시새움에 몸이 죽은 우리 누나는

죽어서 접동새가 되었습니다

아홉이나 남아 되던 오랩동생을

죽어서도 못잊어 차마 못잊어

야삼경(夜三更) 남 다 자는 밤이 깊으면

이 산 저 산 옮아가며 슬피 웁니다

* 　평안도 방언으로 '몹시 서러워'라는 뜻.

「접동새」는 김소월 시인이 서북 지방 전래 설화인 '접동새 설화'를 모티브로 해서 쓴 시입니다. 설화의 내용은 이렇습니다. 딸 하나와 아홉 아들을 둔 아버지가 아내를 사별한 뒤 재혼을 했는데, 계모는 열 남매를 학대했대요. 이 와중에 맏이인 소녀가 부잣집으로 시집을 가게 되자 이를 질투한 계모는 소녀를 장롱 속에 가두고 불을 지릅니다. 그런데 소녀가 죽은 잿더미에서 한 마리 접동새가 날아올랐어요. 소녀의 혼이 새가 된 것이지요. 관가에서는 이 사실을 알고 계모를 잡아 똑같이 불에 태워 죽이고, 계모는 까마귀가 됩니다. 접동새가 된 소녀는 아홉 남동생들에 대한 걱정과 그리움이 가득하지만, 낮에는 까마귀가 무서운지라 야삼경(밤 11시에서 새벽 1시까지) 깊은 밤에만 동생들이 자는 창가에 와서 운다는 슬픈 이야기입니다. 김소월 시인은 어릴 적 들은 이 설화를 토대로 이러한 이야기 시를 쓴 것이죠.

지금까지 사실상 시인 자신이라고 볼 수 있는 '고백하는 화자'와 시인에 의해 선택되거나 만들어진 '허구화된 화자'를 살펴봤습니다. 하지만 시적 화자에 이 둘만 있는 것도 아니고 이 둘이 명확히 구별되는 것도 아니에요. 고백하는 것 같지만 그 고백이 알고 보면 허구인 경우도 있고, 반대로 허구인 것처럼 꾸몄지만 사실은 고백인 경우도 있어요. 예를 들어 앞에서 읽은 노천명 시인의 「남사당」은 표면적으로는 여성 시인이 허구의 남성 화자를 설정한 것이지만 사실 이 시에는 남동생이 태어나기를 원했던 부모로 인해 어린 시절 남장을 하고 다녔던 시인의 실제 경험이 녹아 있다고 알려져 있어요.

그렇지만 여기서 더 들어가면 머리 아프니까 이 정도에서 그만합시다. 하하. 중요한 건 현대 시에서는 시인과 화자를 구별한다는 점, 시인은 자신을 화자로 내세울 수도 있지만 시적 메시지를 효과적으로 표현하는 데 가장 적합한 성별과 성격, 시선과 태도를 지닌 화자를 필요에 따라 만들어 낼 수도 있다는 사실입니다.

따라서 시를 이해하기 위해서는 시적 화자가 누구인지, 그가 어떤 상황에 처해 있는지, 정서는 어떠한지 파악하는 것이 매우 중요합니다. 그에 따라 시의 메시지와 분위기가 결정되다시피 하니까요. 시적 화자를 정확하고 구체적으로 파악하기, 이것이 시의 세계로 들어가는 첫 번째 관문입니다.

리듬
시는 원래 노래였다

인류 역사에서 오랫동안 시는 곧 노래였어요. 우리 조상들은 시를 노래처럼 입으로 전하고 귀로 들었어요. 활자로 적힌 시를 소리 내지 않고 눈으로만 읽게 된 건 비교적 최근의 일이라고 할 수 있지요. 시와 노래가 분리되면서 시는 언어의 의미에, 노래는 리듬과 가락에 집중하게 되었죠. 그렇지만 원래 한 몸이었던 만큼 시에는 노래의 흔적이, 노래에는 시의 흔적이 남아 있어요. 어떤 노랫말(가사)은 시라고 해도 손색이 없고, 어떤 시는 그대로 노랫말로 쓰이기도 하잖아요. 리듬은 바로 시에 남아 있는 노래의 흔적이라고 할 수 있습니다.

리듬을 만드는 대표적인 요소는 '운율'입니다. 운韻과 율律을 합친 말이지요. '운韻'은 동일한 소리가 일정한 위치에서 반복되는 것인데, 그 위치가 처음(머리)이면 두운, 중간(허리)이면 요운, 마지막(다리)이면 각운이라고 해요. 말놀이 성격

을 지니는 동시나 라임을 중시하는 랩에서는 이러한 운이 중요한 장치로 사용되지요. '률/율律'은 소리의 마디가 일정한 간격으로 반복되는 것인데, 읽을 때 자연스럽게 끊어지는 소리의 마디를 '음보'라고 해요. 예를 들어 노래로도 만들어진 김소월의 시 「엄마야 누나야」는 3음보이고(엄마야/누나야/강변살자), 시조는 4음보(이런들/어떠하리/저런들/어떠하리)입니다. 시조처럼 누가 봐도 율이 겉으로 드러나 있으면 '외형률'을 지닌 정형시로, 그렇지 않으면 '내재율'을 지닌 자유시로 분류합니다.

자, 여기까지 운율에 대해 최대한 간단하게 설명했는데 어떤가요? 설명을 하긴 했지만 저는 두운, 요운, 각운, 3음보, 4음보, 외형률, 내재율 등을 아는 것이 엄청 중요하다고는 생각하지 않아요. 알아서 나쁠 거야 없겠지만 이걸 안다고 해서 시를 더 잘 읽게 되지는 않거든요. 하하.

현대 시의 리듬은 단순히 운율로만 설명하기에는 매우 다양하고 복잡합니다. 고전 시가는 용어부터가 시와 노래가 합쳐진 '시가'라서 마디의 간격과 반복이 중요해요. 그렇지만 현대 시는 노래의 흔적이 남아 있다지만 노래에서 어엿하게 독립해 나온 장르잖아요. 그러니 시 읽기에 도움을 주는 건 리듬에 대한 파편적인 지식을 암기하는 것이 아니라 리듬이 시에서 어떤 역할을 하는지, 리듬이 시를 어떤 방식으로 완성시키는지 이해하는 것입니다. 요즘엔 이런 전통적 운율이 시보다는 각종 표어나 집회 구호에서 더 잘 활용되고 있더라고요. 표어나 구호는 보거나 듣는 순간 머릿속에 바로 들어오면서 기억에 잘 남아야 하니까요.

생각해 보면 리듬은 단순한 시의 한 요소가 아니라 자연의 질서와 생명의 원리로 연결되는 꽤 큰 개념이기도 해요. 지금 저와 여러분의 심장은 일정한 간격으로 뛰고 있지요. 의식하지는 못하지만 호흡도 일정한 간격으로 반복되고 있고요. 일정한 간격으로 밀려오는 파도, 달과 별의 규칙적인 운행, 지구의 자전으로 인한 사계절의 순환, 우리는 이러한 생명과 자연의 리듬 속에서 살고 있어요. 아주 어린아이들도 같은 소리가 반복되는 시를 읽어 주면 좋아하고, 어른들도 무엇이든 규칙적으로 반복되는 상태에 안정감을 느끼죠. 리듬은 쾌감과 편안함을 주거든요. 앞에서 인용했던 「우포늪」, 기억하나요? 새들의 울음소리가 반복되는 리듬이 재미있지 않던가요?

꼭 소리의 위치를 맞추거나 소리의 마디를 반복하지 않더라도 현대 시에서 리듬을 구현하는 방법은 여러 가지가 있습니다. 리듬은 재미와 안정감을 주지만 언어의 의미와 결합하여 시의 완성도를 끌어올리기도 해요. 또한 줄글로 이루어진 산문과 달리 시는 행과 연으로 이루어져 있지요. 행과 연은 단순한 장식이 아니라 시인이 분명한 의도를 갖고 부여한 형식입니다. 산문이 말하고자 하는 바를 문단 단위로 전달하듯이 시는 행과 연의 구분을 통해 표현해요. 말하자면 행과 연은 호흡의 마디이자 의미의 마디이기도 한 것이지요.

지금부터는 시 세 편을 읽어 보면서 시적 장치로서의 리듬이 의미와 어떻게 결합하는지 살펴볼게요.

초혼

김소월

산산이 부서진 이름이여!
허공중에 헤어진 이름이여!
불러도 주인 없는 이름이여!
부르다가 내가 죽을 이름이여!

심중에 남아 있는 말 한마디는
끝끝내 마저 하지 못하였구나.
사랑하던 그 사람이여!
사랑하던 그 사람이여!

붉은 해는 서산마루에 걸리었다.
사슴의 무리도 슬피 운다.
떨어져 나가 앉은 산 위에서
나는 그대의 이름을 부르노라.

설움에 겹도록 부르노라.

설움에 겹도록 부르노라.

부르는 소리는 비껴가지만

하늘과 땅 사이가 너무 넓구나.

선 채로 이 자리에 돌이 되어도

부르다가 내가 죽을 이름이여!

사랑하던 그 사람이여!

사랑하던 그 사람이여!

'초혼'은 전통적인 장례 절차의 하나로, 죽은 이의 혼을 소리쳐 부르는 것을 가리킵니다. 죽은 이가 생전에 입던 옷을 들고 북쪽을 향해 죽은 이의 이름을 부르며 돌아오라고 세 번 외치는 의식이라고 해요. 사랑하는 이와 죽음으로 이별하는 것은 크나큰 절망이자 고통이지요. 다른 이유로 헤어지는 것과 달리 돌이킬 수가 없으니까요.

먼저 눈에 띄는 것은 시에 쓰인 3음보 율격입니다. 첫 행부터 '산산이/부서진/이름이여'로 읽히지요. 앞에서 이야기한 「엄마야 누나야」와 이 「초혼」을 포함해 김소월의 시는 3음보로 이루어진 것이 많은데, 전통 민요가 주로 3음보 율격이에요(아리랑/아리랑/아라리요//아리랑/고개로/넘어간다). 김소월을 민족적이고 전통적인 정서와 형식을 창조적으로 계승한 시인이라고 평가하는 이유가 여기에 있습니다. 우리 조상들은 오랜 세월 한의 정서를 3음보 율격의 민요에 담아내 불렀으니까요. 이 시에서도 '초혼'이라는 전통 장례 절차와 그 과정에서 터져 나오는 한의 정서를 표현하는 데 3음보 율격이 쓰였습니다.

또 이 시에서는 반복이 두드러지게 나타나고 있어요. 1연에서 '~ 이름이여!'라는 통사 구조가 네 번이나 반복되고 2연에서 "사랑하던 그 사람이여!"라는 말이 두 행에 걸쳐 반복되는 것은 이런 반복으로밖에 표현할 수 없는 고통이기 때문이겠지요. 3, 4연에서도 비슷한 풍경이 이어집니다. "설움에 겹도록 부르노라."의 반복은 깊은 슬픔을 담아내고 있고, 극한에 달한 슬픔은 (망부석 설화에서 볼 수 있듯이) '돌'로 응결돼요. 이렇게 응결된 슬픔은 다시 한 번 "사랑하던 그 사람이여!"의 반복으로 끝나죠. 이 반복의 호흡은 격하고 가파를 수밖에 없어요. 시에 담긴 감정이 이렇게 처절하게 반복하지 않으면 표현할 수 없는 절실하고 강렬한 슬픔이니까요.

청노루

박목월

머언 산 청운사
낡은 기와집

산은 자하산
봄눈 녹으면

느릅나무
속잎 피어 가는 열두 굽이를

청노루
맑은 눈에

도는
구름

　「초혼」과는 대조적으로 평화롭고 아늑한 분위기의 작품
이에요. 1연에서는 '청운사'라는 절이, 2연에서는 '자하산'이
라는 산이 배경으로 제시되는데 둘 다 화자가 있는 위치에
서 물리적으로 멀리 떨어진 풍경이자 동시에 현실과는 동떨
어진 환상 공간 같은 느낌을 주고요. 청운사와 자하산이라는
먼 곳에 머물던 화자의 시선은 느릅나무 속잎이 피어나는 골
짜기로 옮겨 갔다가 4연에서 청노루의 눈동자로 좁혀집니다.
시는 그 눈동자에 구름이 돈다고 말하고 끝나지요. 먼 곳에서
아주 가까운 곳으로, 희미하게 보이는 것에서 눈앞에 생생하
게 보이는 것으로, 넓은 곳에서 좁은 곳으로, 공간과 시선의

이동이 매우 흥미롭고 환상적인 작품입니다. 청노루라는 동물은 유니콘처럼 현실에 존재하지 않는 동물입니다. 청노루가 없다면 당연히 청노루의 눈동자에 비친 구름도 볼 수 없으니, 환상적으로 느껴질 수밖에요.

　앞서 시의 행과 연은 호흡의 단위이자 의미의 단위라고 했지요. 그 점에 주목해서 이 작품을 읽어 본다면, 글자 수가 거의 같은 1연과 2연은 비슷한 호흡과 속도로 읽으면 됩니다. 그런데 3연은 글자 수가 늘어났어요. 앞선 연보다 조금 빨리 읽는 게 좋겠죠. 4연에서는 글자 수가 다시 줄어듭니다. 이어 5연에서는 더 줄어들고요. 1, 2연보다도 더 천천히 읽어야겠지요. 느린 호흡으로 "도는/구름"까지 읽고 나면 꼭 산수화를 본 듯한 기분이 들지 않나요? 인적이라고는 없는 고요하고 평화로운 세계를 노니는 청노루, 그 눈에 비친 구름이라는 비현실적인 이미지가 부각되면서 이 시가 펼쳐 내는 아름답고 환상적인 분위기가 잘 느껴집니다.

오감도 시제3호

이상

싸움하는사람은즉싸움하지아니하던사람이고또싸움하는사람은
싸움하지아니하는사람이었기도하니까싸움하는사람이싸움하는구
경을하고싶거든싸움하지아니하던사람이싸움하는것을구경하든지

싸움하지아니하는사람이싸움하는구경을하든지싸움하지아니하던
사람이나싸움하지아니하는사람이싸움하지아니하는것을구경하든
지하였으면그만이다.

방금 읽은 「청노루」와 비교 체험 극과 극인 작품처럼 보
이지요? 하하. 앞서 「거울」이라는 시에서도 이미 확인했지만
이상의 시는 대부분 띄어쓰기가 되어 있지 않아요. 이 시는
띄어쓰기뿐 아니라 행갈이도 하지 않고 산문처럼 죽죽 이어
서 썼지요.

이상이 띄어쓰기를 하지 않은 걸 두고 흔히 '형식의 파괴'
라고 설명해요. 그런데 중요한 건 이런 설명이 아니라 이상이
띄어쓰기를 하지 않았던 이유와 그것이 어떤 효과를 만들어
냈는지를 아는 것입니다.

띄어쓰기를 생략하면서 이상은 말의 속도를 최대치로 올
려 버려요. 이 시도 읽다 보면 숨이 찰 지경이죠. 그런데 문제
는 뭔가에 쫓기듯이 후다닥 읽기는 했는데 화자가 대체 무슨
소리를 하는지 모르겠다는 거예요. 특히나 이렇게 극심한 동
어 반복은 정신 나간 인간이 중얼거리는 혼잣말처럼 다가오
죠. 이런 시 앞에서 독자는 어떻게 해야 할까요? 뭐 이런 시
가 있냐며 화를 내거나 다시 천천히 읽거나 둘 중 하나를 선
택할 수밖에 없겠죠? 하하. 일단 빨리 읽게 하고는 그다음엔
매우 천천히 읽게 만드는 전략이라고나 할까요.

해석을 해 본다면, 이 시에 펼쳐진 세계는 싸움을 하든 안 하든 모두 싸움과 관련이 있는 것 같아요. 싸우는 자와 싸우지 않는 자가 확실히 구분되지도 않고 구경꾼과 싸우는 자의 경계도 확실치 않죠. 한마디로 모든 사람이 싸움의 세계에 속해 있으며 아무도 거기서 벗어날 수 없다는 거예요. 그런데 이 해석이 맞는지는 저도 솔직히 잘 모르겠어요. 하하. 이상의 시들은 대체로 해석하기 어렵지만 그중에서도 이 시는 더 무슨 말인지 모르겠거든요.

그런데 모호하면 모호한 대로 두는 것도 괜찮답니다. 여러분은 국문학 연구자가 아니라 학생이니까요. 그냥 이런 이상한 시도 있구나, 정도만 알아도 돼요. 아무도 이런 이상한 시를 여러분에게 해석하라고는 하지 않으니까요.

언어
시는 추상적일까, 구체적일까

시가 받는 오해 가운데 가장 억울한(?) 것을 하나만 꼽아 보라고 한다면 바로 '시는 추상적이다.'라는 인식이에요. 실제로 학생들에게 시가 추상적인지 구체적인지 물어 보면 추상적이라는 대답이 많이 나오더군요.

사전에서는 '추상적'을 이렇게 풀이해요.

1. 어떤 사물이 직접 경험한 형태와 성질을 갖추고 있지 않은 것.
2. 구체성이 없이 사실이나 현실에서 멀어져 막연하고 일반적인. 또는 그런 것.

흠, 쓰고 보니 뜻풀이도 좀 추상적이네요? 요약하면 구체적으로 경험하고 감각할 수 없는 것을 추상적이라고 한다는 거예요. 형태가 없다 보니 볼 수도, 만질 수도 없고, 소리를 들을 수도 없고, 냄새를 맡을 수도, 맛을 볼 수도 없는, 머릿속에 관념으로만 존재하는 것을 추상적이라고 하죠. 삶과 죽음, 자유와 평등, 이성과 감성, 행복과 불행, 슬픔과 기쁨, 사랑과 증오 이 모두가 추상적이죠. 형태도 질감도 소리도 냄새도 맛도 없는 것이니까요. 모든 시가 그런 것은 아니지만 대부분의 시는 이렇게 추상적인 것을 구체적인 감각으로 표현합니다. 이건 시의 본질적인 특성 중 하나예요.

그런데 왜 시는 추상적이라는 오해를 받는 걸까요? 제 짐작으로는 구체적인 것과 직접적인 것을 혼동해서가 아닐까 해요. 직접적으로 말하는 것과 구체적으로 말하는 건 완전히 다른 개념인데, '직접적이지 않음 → 애매모호 → 추상적인 것'이라고 생각하는 것이지요. 예를 들어 볼게요.

(가) 그는 지금 너무 외롭고 쓸쓸하다.
(나) 그는 바람 부는 텅 빈 들판에 홀로 선 나무 같았다.

(가)는 직접적이에요. 그렇지만 그의 모습이 구체적으로 딱 떠오르지는 않아요. 그가 처해 있는 상태, 즉 외로움과 쓸쓸함이 추상적이거든요. 반면 (나)는 직접적이지 않고 간접적이고 암시적이에요. 그렇지만 (가)에 비하면 그가 어떤 상태인지 머릿속에 잘 그려지죠. 말하자면 시는 직접적이지만

추상적으로 말하는 것보다 암시적이지만 구체적으로 말하는 것을 선호한다고 할 수 있어요. 이걸 알지 못하면 추상적인 것을 구체적인 감각으로 표현한 시를 읽고 나서도 감각은 느끼지 않고 추상적인 의미와 주제만 찾으려고 하는 거죠. 이러면 시 읽기가 재미도 없고 어려울 수밖에 없어요. 이제 작품을 보면서 이야기해 볼게요.

봄은 고양이로다

이장희

꽃가루와 같이 부드러운 고양이의 털에
고운 봄의 향기가 어리우도다.

금방울과 같이 호동그란 고양이의 눈에
미친 봄의 불길이 흐르도다.

고요히 다물은 고양이의 입술에
포근한 봄의 졸음이 떠돌아라.

날카롭게 쭉 뻗은 고양이의 수염에
푸른 봄의 생기가 뛰놀아라.

여러분이 보기에는 이 시가 언제 쓰인 것 같나요? 1924년에 발표된 작품이니 놀랍게도 100여 년 전이에요. 그런데도 무척 현대적인 느낌이 나지 않나요?

봄은 무엇일까요? 1년 단위로 순환하는 사계절 중 하나인 건 확실한데 어느 날부터 어느 날까지가 봄인지는 불분명하죠. 봄이 뭔지 모르는 사람은 아무도 없지만 봄이 어떤 것인지 직접적이고 명확하게 설명하는 건 어려워요. 시인은 고양이를 통해 봄을 표현했어요. 고양이의 털과 눈과 입술과 수염에서 봄의 향기와 나른함과 생명력을 연상하지요. 이렇게 봄과 고양이가 결합하면서 봄에 구체적인 이미지가 입혀졌습니다. 혹시 이장희 시인도 고양이 집사였을까요? 하하.

제 망매가[*]

월명사

생사의 길은
여기에 있으매 머뭇거리고
나는 간다는 말도
못 다 이르고 가는가
어느 가을 이른 바람에
이에 저에 떨어질 잎같이
한 가지에 나고

가는 곳 모르는구나

아아 미타찰에서 만날 나

도 닦아 기다리겠다

* 김완진 해석

　신라 경덕왕 때 승려 월명사가 지은 향가입니다. 죽은 누이동생을 위해 제사 지내는 노래라는 뜻으로,『삼국유사』에 수록되어 있습니다. 죽음이야말로 참으로 추상적인 관념이지요. 월명사라는 스님은 가지에 붙어 있던 잎사귀가 바람에 떨어져서 어디로 가는지도 모르는 것으로 죽음을 표현했습니다. 이른 나이에 죽은 누이동생과, 동생을 먼저 보낸 자신을 한 가지(부모)에 나서 붙어 있던 잎사귀로 표현했고요. 직관적이면서도 구체적이지요. 이 작품이 천 년이 넘는 오랜 세월을 건너와 지금을 사는 우리에게도 공감을 불러일으키는 이유입니다.

멧새 소리

백석

처마 끝에 명태를 말린다

명태는 꽁꽁 얼었다

명태는 길다랗고 파리한 물고긴데

꼬리에 길다란 고드름이 달렸다
해는 저물고 날은 다 가고 별은 서러웁게 차갑다
나도 길다랗고 파리한 명태다
문턱에 꽁꽁 얼어서
가슴에 길다란 고드름이 달렸다

이 시는 1행부터 4행까지 명태의 모습과 상태를 묘사하고 있어요. 한겨울 처마 끝에 매달린 명태는 "길다랗고 파리한" 모양인데 상태는 꽁꽁 얼어 있고, 꼬리에 고드름까지 달렸어요. 그런데 5행에서는 별이 "서러웁게 차갑다"며 감정을 드러내더니 곧바로 "나도 길다랗고 파리한 명태다", "가슴에 길다란 고드름이 달렸다"는 말을 합니다.

선언인지 고백인지 모를 말입니다만, 화자가 정말 하고 싶었던 말은 이 대목임을 알 수 있습니다. 꼬리에 달린 고드름이 물리적 현상을 묘사한 것이라면 가슴에 달린 고드름에서는 꽁꽁 얼어서 흐르지도 못하는 눈물이 연상됩니다. 눈에 보이지 않는 자신의 마음을 보여 주기 위해 명태를 끌어온 것일 수도 있고, 반대로 명태를 보다 보니 그것에 감정 이입이 되는 자신의 마음을 새삼 자각한 것일 수도 있어요. "서러웁게 차가운" 마음 말이지요. 둘 중 어느 쪽이든 마음이라는 추상적 관념을 '명태'라는 시각적 이미지로 표현한 시입니다.

그런데 제가 이 시에서 가장 흥미롭게 여겨지는 것은 바로 제목이에요. 시에 등장하는 것은 명태이고 멧새는 흔적도 없는데 제목은 왜 '멧새 소리'인 걸까요? 너무 엉뚱하지 않나요? 저는 이 제목이 시에서 묘사한 장면에 배경으로 깔리는 사운드가 아닐까 생각했어요. 그렇지 않아도 서러운데 새소리까지 들리면 어떨까요. 더 고독하고 적막할까요, 아니면 반대로 새소리라도 들려서 위로가 될까요. 그건 저도 잘 모르겠어요. 다만 명태라는 시각 이미지에 새소리라는 청각 이미지까지 더해 화자의 정서를 표현한 점, 또 그 청각 이미지를 한 줄 묘사하지도 않고 제목으로만 툭 던졌다는 점이 시인의 미적 감각을 잘 보여 주는 것 같아요.

지금까지는 추상적인 관념을 구체적인 감각으로 표현한 시를 살펴봤는데요, 모든 시가 그런 것은 아니에요. 구체적인 대상을 보다 구체적으로 묘사하는 시도 많고, 추상적인 관념을 그냥 추상적인 상태로 놓아두고 시상을 전개하는 시도 있어요. 완전히 반대로 구체적인 대상을 추상적인 관념으로 언어화하는 시도 있고요. 다음 시처럼 말이죠.

깃발

유치환

이것은 소리 없는 아우성
저 푸른 해원을 향하여 흔드는

영원한 노스탤지어의 손수건

순정은 물결같이 바람에 나부끼고

오로지 맑고 곧은 이념이 푯대 끝에

애수(哀愁)는 백로처럼 날개를 펴다

아아 누구던가

이렇게 슬프고도 애달픈 마음을

맨 처음 공중에 달 줄을 안 그는

　

이 시는 '깃발'이라는 구체적인 사물을 "소리 없는 아우성", "노스탤지어의 손수건", '순정', '애수', "슬프고도 애달픈 마음"이라는 추상적인 관념으로 표현했어요. 시인은 이상향을 동경하지만 운명적 한계로 인해 좌절할 수밖에 없는 자신의 모습을, 바람에 펄럭이지만 결코 깃대는 벗어나지 못하는 깃발의 모습으로 형상화하고 있습니다. 이러한 '구체의 관념화'는 주제 의식이 강한 시에서 이따금 발견돼요. 그렇지만 시적 표현은 어디까지나 추상의 감각화, 혹은 관념의 구체화를 주된 특징으로 한다는 걸 기억하세요.

비유
사랑을 사랑이라고 말하지 않는 이유

앞에서 시는 추상적이고 관념적인 대상을 구체적이고 감각적인 이미지로 표현한다고 이야기했는데, 이를 위해 주로 사용하는 표현 방식이 비유입니다. 비유란 간단히 말하면 A를 B로 '빗대어' 말하는 거예요. A는 표현하고자 하는 원래 대상이고, B는 그 원래 대상을 표현하기 위해 가져온 것이지요. 표현하고자 하는 원래 대상인 A를 원관념이라고 하고, 표현하기 위해 가져온 B를 보조관념이라고 합니다. 말에 '관념'이라는 말이 붙어서 괜히 헷갈릴 수 있는데, 둘 다 구체적인 대상일 수도 있고 추상적인 관념일 수도 있습니다.

이 원관념과 보조관념이 연결된 양상에 따라 직유와 은유로 구분해요. '같이', '처럼', '듯이' 등을 활용해 원관념과 보조관념을 직접적으로 연결하는 것을 직유라 하고, 연결하는 말을 굳이 드러내지 않고 은근슬쩍 연결하는 것을 은유라고 해요. 예를 들어 볼게요. "당신의 눈동자는 별처럼 빛나요." 또는 "당신의 눈동자는 마치 별과 같아요."는 '당신의 눈동자'를 원관념, '별'을 보조관념으로 하는 직유적 표현이고, "당신의 눈동자는 별이에요." 또는 "당신 눈동자의 별."은 '당신의 눈동자'를 원관념, '별'을 보조관념으로 하는 은유적 표현이에요.

원관념과 보조관념을 연결하는 힘은 둘 사이의 유사성이에요. 물론 어디까지나 객관적이고 과학적인 유사성이 아니라 시인이 발견한 주관적이고 직관적인 유사성이죠. 시적 상상력은 바로 이 유사성을 발견하는 능력이기도 해요. 만약 누가 당신의 눈동자가 별 같다는 말을 했다면 그 사람은 당신의 눈동자(원관념)가 반짝인다고 느꼈고, 반짝임(유사성)에 근거해 별(보조관념)을 가져온 것이지요.

이처럼 원관념과 보조관념의 유사성을 금방 알아차릴 수 있는 표현으로 이루어진 시는 쉽고 편하게 읽혀요. 대신에 좀 상투적이고 유치한 시가 될 위험이 있겠죠? 반대로 원관념과 보조관념의 거리가 너무 멀어 둘 사이에 무슨 유사성이 있는지 도대체 알 수 없는 시는 신선해 보일 수는 있어도 난해한 수수께끼 취급을 받으며 독자에게 외면당할 위험이 있겠죠. 둘 사이의 거리가 적정해야 팽팽한 시적 긴장이 생기면서 '창조적이면서도 해석도 되고 공감도 되는 비유적 표현'이 탄생하는데, 이게 또 말처럼 쉽지는 않아요. 하긴 이게 쉬우면 아무나 시인이 될 수 있겠죠? 하하.

마음

김광섭

나의 마음은 고요한 물결
바람이 불어도 흔들리고
구름이 지나도 그림자 지는 곳

돌을 던지는 사람
고기를 낚는 사람
노래를 부르는 사람

이리하여 이 물가 외로운 밤이면
별은 고요히 물 위에 뜨고
숲은 말없이 물결을 재우나니

행여 백조가 오는 날
이 물가 어지러울까
나는 밤마다 꿈을 덮노라

여러분 모두가 알 만한 표현 "내 마음은 호수요."도 그렇고
이 시도 그렇고, 마음(원관념)을 물이나 호수(보조관념)에 비유
하는 시는 비교적 흔한 편이에요. 생각해 보면 마음과 호수엔

공통점이 있지요. 비 한 방울만 떨어져도, 작은 돌멩이 하나만 풍당 빠져도 파문이 일잖아요. 사람의 마음이 외부의 자극에 민감하게 반응하는 것처럼 말이지요. 이 시에서는 물결의 미세한 움직임과 화자의 미묘한 심리 변화가 대응하고 있어요. 물결은 아주 고요하여 바람이 불면 흔들리고 구름만 지나가도 그림자가 져요. 화자의 마음이 그런 물결처럼 예민한 상태임을 알 수 있어요.

이 와중에 물가에 여러 사람이 나타나요. "돌을 던지는 사람"은 나에게 물리적 혹은 심리적 폭력을 행사하는 사람, "고기를 낚는 사람"은 자신의 이익을 위해 나에게서 뭔가를 빼앗아 가려는 사람, "노래를 부르는 사람"은 남의 상황은 아랑곳하지 않고 자신의 감정만 분출하는 사람 정도로 해석할 수 있겠지요. 이어지는 3연과 4연에서 화자는 이런 사람들에게 흔들리지 않고 자신의 내면을 고요하게 들여다보면서 평정을 찾고자 하는 의지를 드러내고 있어요.

시인들은 왜 이런 비유를 사용하는 걸까요? 비유 없이 직접적으로 말하면 굳이 해석할 필요도 없으니 알아듣기 쉬울텐데 말이죠. 그 이유는 비유적 표현이 직접적인 말보다 오히려 더 정확하고 구체적이며 풍부한 의미를 전달하기 때문입니다. 예를 들어 볼게요.

(가)

사랑할 때는 행복하지만 그 사랑이 끝나고 나면 쓸쓸하다.

(나)

생선을 발라 먹으며 생각한다

사랑은 연한 살코기 같지만

그래서 달콤하게 발라 먹지만

사랑의 흔적

생선 가시처럼 목구멍에 걸려

넘어가질 않는구나

 (가)는 언뜻 의미가 분명해 보이는 문장이지만 잘 생각해 보면 모호한 말이기도 해요. 사랑할 때 행복하다고 느끼는 건 보편적인 상식이지만 그 행복의 내용과 질감, 정도가 정확히 어떤 것인지 알 수가 없어요. 그 사랑이 끝날 때 느끼는 공허함과 쓸쓸함도 추상적이고요. 반면에 유하 시인의 「사랑의 흔적」(부분 인용)이라는 시인 (나)는 사랑이 끝난 상황을 '사랑의 흔적'이라는 말로 표현했어요. 사랑하는 사람과 헤어졌다고 해서 그 사랑의 기억까지 통째로 사라지지는 않잖아요? 이별했어도 사랑을 한 기억은 '흔적'으로 남게 되지요. 그런 의미에서 사랑을 연한 살코기에, 이별을 생선 가시에 비유한 것이 직관적으로 이해되지 않나요. 살코기는 연하고 달콤하

지만 생선을 먹다 보면 언제든 목구멍에 가시가 걸릴 위험도 있으니까요.

시에서 사랑을 그냥 사랑이라고 하지 않는 이유가 여기에 있어요. 앞에서도 말했듯이 '사랑'이라는 단어는 너무 모호하고, 그 모호함 때문인지 아무 때나 마구 쓰여서 의미가 너덜너덜해졌어요. (사랑합니다, 고객님!) 그렇기에 시는 사랑한다고 말하는 대신 그 사랑을 다른 감각이나 관념으로 정확하면서도 창조적으로 표현하려고 끊임없이 시도하지요.

물론 비유는 시에서만 쓰이는 게 아니에요. 시에서 특별히 더 중요하게 사용하는 표현 방식일 뿐이죠. 우리가 일상적으로 쓰는 말에도 비유적 표현이 많아요. 예를 들어 '마당발'은 인간관계가 넓어서 폭넓게 활동하는 사람을 가리키는데, 지금은 사전에도 등재된 이 말이 예전에는 비유적 표현이지 않았을까요? 넓은 마당과 사람의 발을 결합해 새로운 의미의 표현을 만든 것인데, 처음엔 나름 신선한 은유였을 거예요. 오랜 세월 많은 사람이 일상적으로 쓰다 보니 이제는 더 이상 은유로 기능하지 못하는 단어가 된 것이죠. 이는 '별처럼 빛나는 눈동자'나 '햇살 같은 웃음', '강물 같은 시간', '물거품 같은 희망' 같은 표현들도 마찬가지예요. 익숙하고 상투적인 표현들이 되어 버렸죠. 더 이상 신선한 자극을 주지 못하고, 새로운 인식을 가져다주지도 못해요.

시는 사전적 의미에 묶인 언어를 해방시켜 보다 창조적으로 사용하려고 해요. 독자에게 인간과 세상과 삶에 대한 새로운 감수성과 인식을 펼쳐 보여 주고자 하지요. 바로 이 점이 시 읽기의 어려움이자 즐거움이랍니다.

진실
사실 너머에 있는 것

제가 매우 좋아하는 시, 백석의 「나와 나타샤와 흰 당나귀」는 이렇게 시작합니다.

> 가난한 내가
> 아름다운 나타샤를 사랑해서
> 오늘 밤은 푹푹 눈이 내린다

저는 1연을 읽자마자 이 시에 반했어요. (물론 전문은 더 좋으니, 꼭 읽어 보세요.) 세상에나, 내가 나타샤를 사랑해서 눈이 내린다니요! 눈이 내리는 것과 내가 나타샤를 사랑하는 것이 대체 무슨 관련이 있다고 이런 말로 시를 시작하는 걸까요. 온 우주가 자기를 중심으로 도는 것도 아니고 이 무슨 자기중심적인 착각이냐고요. 그런데 생각해 보면 사랑이야말로 이런 착각이 없으면 하기 어려운 것이지 않을까요? 사랑에 빠진 사람의 마음은 자신과 자신이 사랑하는 사람으로만 가득 차게 되잖아요. 그러니 이 시는 사실을 있는 그대로 서술하지는 않았지만 사랑을 하고 있는 사람의 감정적 진실은 정확히 표현한 것입니다. 사랑을 소재로 한 대중가요 가사들을 한번 찾아 보세요. 비슷한 예를 많이 발견할 수 있을 거예요.

오 분간

나희덕

이 꽃그늘 아래서
내 일생이 다 지나갈 것 같다.
기다리면서 서성거리면서
아니, 이미 다 지나갔을지도 모른다.
아이를 기다리는 오 분간
아카시아꽃 하얗게 흩날리는
이 그늘 아래서
어느새 나는 머리 희끗한 노파가 되고,
버스가 저 모퉁이를 돌아서
내 앞에 멈추면
여섯살배기가 뛰어내려 안기는 게 아니라
훤칠한 청년 하나 내게로 걸어올 것만 같다.

내가 늙은 만큼 그는 자라서

서로의 삶을 맞바꾼 듯 마주보겠지.

기다림 하나로도 깜박 지나가버릴 생(生),

내가 늘 기다렸던 이 자리에

그가 오래도록 돌아오지 않을 때쯤

너무 멀리 나가버린 그의 썰물을 향해

떨어지는 꽃잎,

또는 지나치는 버스를 향해

무어라 중얼거리면서 내 기다림을 완성하겠지.

중얼거리는 동안 꽃잎은 한 무더기 또 진다.

아, 저기 버스가 온다.

나는 훌쩍 날아올라 꽃그늘을 벗어난다.

이 시의 화자는 여섯 살 아이가 탄 유치원 차를 기다리는 엄마입니다. 기다림은 '오 분'으로 표현된 짧은 시간이지만 화자의 상상 속에서는 여섯 살 아이가 훤칠한 청년이 되는 세월이에요. "기다림 하나로도 깜박 지나가버릴 생"은 논리적으로는 이해할 수 없는 표현이지만 분명 진실이기도 합니다.

저는 이 시를 읽으면서 지금은 고등학생인 저의 큰아이가 여섯 살 때 유치원 버스에서 내려 저에게 안기던 순간을 떠올립니다. 12년의 세월이 어떻게 흘렀는지도 모르겠어요. 12년이 5분처럼 순식간에 지나가 버린 것 같은 느낌은 저에게 분명한 감정적 진실입니다. 생각해 보니 여러분은 이 시에 공감하기 힘들 수도 있겠네요. 인생을 어느 정도 살아야 느낄 수 있는 감정도 있으니까요.

먼 후일

김소월

먼 후일 당신이 찾으시면
그때에 내 말이 "잊었노라."

당신이 속으로 나무라면
"무척 그리다가 잊었노라."

그래도 당신이 나무라면
"믿기지 않아서 잊었노라."

오늘도 어제도 아니 잊고
먼 후일 그때에 "잊었노라."

이 시에서 화자는 당신을 '잊었노라.'는 말을 네 번이나 반복합니다. 그런데 정말 잊은 것처럼 보이나요? 반복할수록 결코 잊지 않겠다는, 잊지 못한다는, 잊을 수 없다는 마음만

강조됩니다. 이렇게 실제와는 반대되는 표현을 통해 실제 상황이나 마음을 강조하는 표현 방식을 반어反語라고 합니다. 말하자면 '잊었노라.'는 서글프고도 처절한 반어적 표현인 것이지요. 그리워하다가, 믿기지도 않는데, 잊을 수는 없으니까요. 마지막 연에서 "오늘도 어제도 아니 잊고/먼 후일"에 잊었다는 건 그만큼 지금 당신을 간절하게 사랑하고 그리워하고 있다는 고백이나 다름없습니다.

정반대로 표현하는 걸 넘어서 아예 논리적으로 모순되는 표현으로 속내를 드러낼 수도 있습니다. 「오 분간」에서 "기다림 하나로도 깜박 지나가버릴 생"도 모순되는 표현이고, 「먼 후일」에서 "먼 후일 그때에 '잊었노라.'"도 모순되는 표현입니다. '오 분간'과 '생'을 같은 시간으로 놓을 수는 없으며, 오지도 않은 미래에 '잊었노라.'고 완료형으로 말할 수는 없으니까요.

이러한 표현 방식을 (논리를) 거스른다고 해서 '거스를 역' 자를 써 역설逆說이라고 합니다. "찬란한 슬픔의 봄"(김영랑, 「모란이 피기까지는」), "소리 없는 아우성"(유치환, 「깃발」), "외로운 황홀한 심사"(정지용, 「유리창 1」), "괴로웠던 사나이,/행복한 예수 그리스도"(윤동주, 「십자가」) 등은 서로 모순된 두 개의 단어가 이어지면서 새로운 의미를 얻고 있습니다. "아아 님은 갔지마는 나는 님을 보내지 아니하였습니다"(한용운, 「님의 침묵」), "우리들의 사랑을 위하여서는/이별이, 이별이 있어야 하네"(서정주, 「견우의 노래」), "겨울은 강철로 된 무지갠가 보다"(이육사, 「절정」) 등은 분명히 논리적으로 모순되는 문장이지만 진실을 담고 있지요.

이런 역설적 표현은 시에도 자주 등장하지만 종교 경전이나 일상에서도 자주 언급됩니다. "우리는 모두 행복한 지옥에 살고 있다", "그의 작품은 오래된 미래를 보여 준다", "살려는 자는 죽을 것이요, 죽으려는 자는 살 것이다", "순간이 영원이다" 등등.

사실 우리의 삶은 모순으로 가득 차 있습니다. 살다 보면 누구나 알게 됩니다. 인간은 누구나 어느 정도는 모순덩어리이며, 사람의 감정은 생각보다 복잡해서 단순하게 분류할 수 없고, 세상은 내가 다 이해할 수 없는 모순으로 가득 차 있으며, 삶은 때때로 이 모순을 견디는 과정이라는 것을요.

청소년기는 이런 모순을 충분히 인식하고 표현할 수 있는 시기입니다. 사람이든 사물이든 좋으면서도 싫을 수 있고, 자신이든 타인이든 사람은 선인 혹은 악인이라는 단순하고 납작한 기준만으로 판단할 수 없는 입체적인 존재이며, 이 세상은 선과 악, 내 편과 네 편으로 선명하게 전선을 긋기엔 복잡한 곳이라는 진실을 이해할 수 있는 시기가 바로 여러분이 살아가고 있는 지금이에요. 그리고 그러한 자각에서 윤리가 탄생합니다.

자아를 성찰하고 타인을 이해하고 이를 통해 공동체의 일원으로 세상과 소통하기 위해서는 자신이든 타인이든 '깊게' 이해하려는 자세, 뭐든지 쉽게 판단하고 규정해 버리는 대신에 인내심을 갖고 지켜보는 태도가 필요합니다. 말하자면 모순을 기꺼이 감당하는 능력과 존중하는 태도야말로 윤리적 주체로 성장하기 위해 꼭 필요한 것입니다. 어쩌면 우리가 시를 배우는 최종적인 목표는 이것인지도 모릅니다. 윤리적 주체가 되는 것!

나가는 말

책을 마무리해야 합니다. 끝내기 전에 소개하고 싶은 시가
한 편 있는데요.

> 나도 처음부터 그랬던 건 아니야.
> 내가 사실 라면이랑 친구여서
> 맨날 라면만 먹어야 했어.
> 그래서 얼굴이 퉁퉁 부은 거야.

무슨 시냐고요? 초등학교 3학년인 둘째 아이가 1학년 때
쓴 시예요. 이 시의 제목이 뭘까요? 바로 「우동」이랍니다. 아
이 눈에는 라면에 비해 퉁퉁한 우동 면발이 인상적이었나 봐
요. 하하.

제가 이 시를 굳이 소개하고 싶었던 건 제 아이가 쓴 시여서가 아니에요. 여러분에게 시가 엄청나게 대단하거나 특별한 것이 아니라고 말해 주고 싶었기 때문이에요. 누구나 시를 읽을 수 있듯이, 누구나 시를 쓸 수 있습니다. 시 읽기가 어려울 땐 시를 직접 써 보는 것도 좋은 방법이랍니다. 시를 써 보면 시가 왜 그렇게 말했는지, 무슨 말을 하고 싶어했고 또 무슨 말을 하지 못했는지 이해할 수 있을지도 모릅니다.

저는 이 책을 쓰면서 순간순간 괴로웠습니다. 하지만 전체적으로는 행복했습니다. 글쓰기는 이렇게 괴로우면서도 또 행복할 수 있습니다. 시는 삶의 모순을 끌어안는다는 말을 했는데, 이 또한 모순적이지요? 여러분은 이 책을 읽으면서 어땠나요? 시를 전보다 가깝게 느끼게 되었다면 정말 행복할 것 같습니다. 이 책을 끝까지 읽은 여러분의 앞날을 진심으로 응원합니다. 우리 모두 윤리적인 주체이자 멋진 동료 시민으로 만나길 바라면서

2023년 겨울
김경민

책에 실린 시

김소월, 「산유화」, 『진달래꽃』, 매문사, 1925.

김상용, 「남으로 창을 내겠소」, 『망향』, 문장사, 1939.

박성우, 「몸부림」, 『난 빨강』, 창비, 2010.

윤동주, 「간」, 『하늘과 바람과 별과 시』, 정음사, 1948.

황지우, 「새들도 세상을 뜨는구나」, 『새들도 세상을 뜨는구나』, 문학과지성사, 1983.

김선우, 「여전히 반대말 놀이」, 『나의 무한한 혁명에게』, 창비, 2012.

이상, 「거울」, 『가톨릭청년』, 1933.10.

문삼석, 「시골길」, 『우산 속』, 아동문예사, 1993.

반칠환, 「새해 첫 기적」, 『웃음의 힘』, 도서출판 지혜, 2023.

이성선, 「사랑하는 별 하나」, 『물방울 우주』, 황금북, 2002.

김춘수, 「꽃」, 『꽃의 소묘』, 백자사, 1959

이육사, 「꽃」, 『육사시집』, 서울출판사, 1946.

이수익, 「결빙의 아버지」, 『불과 얼음의 콘서트』, 나남출판, 2002.

조정권, 「산정묘지 1」, 『산정묘지』, 민음사, 1991.

김소월, 「가는 길」, 『진달래꽃』, 매문사, 1925.

이성복, 「서해」, 『그 여름의 끝』, 문학과지성사, 1990.

정지용, 「유리창 1」, 『조선지광』, 1930.1.

저자 및 제목 미상, 세월호 합동분향소.

신석정, 「꽃덤불」, 『신문학』, 1946.6.

김광규, 「희미한 옛사랑의 그림자」, 『우리를 적시는 마지막 꿈』, 문학과지성사, 1979.

최두석, 「성에꽃」, 『성에꽃』, 문학과지성사, 1990.

강은교, 「우리가 물이 되어」, 『허무집』, 서정시학, 2006.

안현미, 「거짓말을 타전하다」, 『곰곰』, 걷는사람, 2018.

황진이, 「동짓달 기나긴 밤을」.

최승자, 「일찍이 나는」, 『이 시대의 사랑』, 문학과지성사, 1981.

김승희, 「그래도라는 섬이 있다」, 『그래도라는 섬이 있다』, 마음산책, 2007.

김현서, 「엄마와 나」, 『수탉 몬다의 여행』, 문학동네, 2019.

이시영, 「성장」, 『은빛 호각』, 창비, 2003.

함민복, 「반성」, 『노래는 최선을 다해 곡선이다』, 문학동네, 2019.

이성부, 「봄」, 『우리들의 양식』, 민음사, 1974.

황지우, 「묵념, 5분 27초」, 『새들도 세상을 뜨는구나』, 문학과지성사, 1983.

김춘수, 「샤갈의 마을에 내리는 눈」, 『김춘수 시전집』, 현대문학, 2004.

김광균, 「뎃상」, 『기항지』, 정음사, 1947.

김바다, 「우포늪」, 『소똥 경단이 최고야!』, 창비, 2007.

윤동주, 「눈 오는 지도」, 『하늘과 바람과 별과 시』, 정음사, 1948.

이정하, 「사랑의 이율배반」, 『너는 눈부시지만 나는 눈물겹다』, 푸른숲, 2002.

정호승, 「슬픔이 기쁨에게」, 『슬픔이 기쁨에게』, 창비, 1979.

박노해, 「사랑」, 『노동의 새벽』, 느린걸음, 2014.

최승호, 「북어」, 『대설주의보』, 민음사, 1995.

윤동주, 「참회록」, 『하늘과 바람과 별과 시』, 정음사, 1948.

윤동주, 「쉽게 씌어진 시」, 『하늘과 바람과 별과 시』, 정음사, 1948.

노천명, 「남사당」, 『별을 쳐다보며』, 희망출판사, 1953.

김소월, 「접동새」, 『진달래꽃』, 매문사, 1925.

김소월, 「초혼」, 『진달래꽃』, 매문사, 1925.

박목월, 「청노루」, 박목월·박두진·조지훈, 『청록집』, 을유문화사, 1946.

이상, 「오감도 시제3호」, 『조선중앙일보』, 1934.7.25.

이장희, 「봄은 고양이로다」, 『이상화·이장희 시선』, 지식을만드는지식, 2014.

월명사, 「제 망매가」.

백석, 「멧새 소리」, 『백석시전집』, 창비, 1987.

유치환, 「깃발」, 『조선문단』, 1936.1.

김광섭, 「마음」, 『문장』, 1939.6.

유하, 「사랑의 흔적」, 『세상의 모든 저녁』, 민음사, 1993.

백석, 「나와 나타샤와 흰 당나귀」, 『백석시전집』, 창비, 1987.

나희덕, 「오 분간」, 『그곳이 멀지 않다』, 문학동네, 2022.

김소월, 「먼 후일」, 『진달래꽃』, 매문사, 1925.

집 나간 문해력을 찾아 줄 리듬과 비유의 세계
시랑 헤어지고 싶지만 만난 적도 없는 너에게

초판 1쇄 펴낸날 2023년 12월 29일
초판 2쇄 펴낸날 2024년 5월 7일

지은이 김경민
펴낸이 홍지연

편집 홍소연 이태화 김선아 김영은 차소영 서경민
디자인 이정화 박태연 박해연 정든해
마케팅 강점원 최은 신종연 김가영 김동휘
경영지원 정상희 여주현

펴낸곳 (주)우리학교
출판등록 제313-2009-26호(2009년 1월 5일)
제조국 대한민국
주소 04029 서울시 마포구 동교로12안길 8
전화 02-6012-6094
팩스 02-6012-6092
홈페이지 www.woorischool.co.kr
이메일 woorischool@naver.com

• 책값은 뒤표지에 적혀 있습니다.
• 잘못된 책은 구입한 곳에서 바꾸어 드립니다.
• 본문에 수록된 시는 저작권 확인 과정을 거쳤습니다. 그 외 저작권에 관한 문의 사항은
  (주)우리학교로 연락 주시기 바랍니다.

만든 사람들
편집 차소영
디자인 캠프커뮤니케이션즈